JN154221

葉月奏太

人妻合宿免許

実業之日本社

実業之日本社文庫

人妻合宿免許　目次

第一章　未亡人と学科教習

1

年が明けた一月半ば、吉岡大吉《よしおかだいきち》は東北新幹線の自由席に座り、車窓を流れる景色をぼんやり眺めていた。

空は気持ちよく澄み渡っている。田んぼや畔道《あぜみち》、遠くの山々を目にして、ふと田舎《いなか》の景色を思い出した。

東京を離れるのはいつ以来だろう。大吉の実家は茨城県だ。年老いた両親と兄夫婦が同居しており稲作を行っている。たまに電話がかかってくるが、もう何年も帰っていなかった。

普段は倉庫内で作業をしており、休日は昼まで寝ている。だから、こうして午前中の光を感じるのは不思議な感覚だった。

　大吉は東京の小さな宅配業者「ハヤブサ宅配便」で働いている。かれこれ二十年、仕分け作業を担当してきた。四十二歳になっても独身なのは淋《さび》しいが、それ以外はとくに不満を感じていなかった。

　仕事は少々きついが、正社員としての働き口があるだけでありがたい。このまずっと、この会社でやっていけると思っていた。

　ところが、会社の経営状態が苦しくなり、大吉は配達ドライバーにまわされることになった。仕分け作業はアルバイトを中心にして、人件費を削減する方針になったのだ。

　しかし、大吉は車の運転免許を持っていなかった。

　そこで年末の繁忙期が終わり、少しだけ余裕が出た年明けに合宿免許で普通自動車免許を取得するように上司から言われた。

　自動車学校の費用は半分だけ会社持ちで、残りは自分で出さなければならないという。会社の都合なので理不尽な気がしたが、免許はプライベートでも使えるだろと言われて従わざるを得なかった。

ただ合宿免許の期間は出勤扱いになるのがありがたい。そのため最短期間で卒業するように厳命されていた。万が一延長になった場合は、有給休暇を使わなければならなかった。

大吉が入校するのは東北地方にある自動車学校だ。そこの普通車マニュアルのコースは、最短十六日で卒業できることになっていた。

（まさか、四十を過ぎて免許を取ることになるとはな……）

正直あまり自信はなかった。

運動神経はお世辞にもいいとは言えず。昔から不器用だという自覚がある。仕分けの仕事で腕力は鍛えられているが、運転にはまったく関係ないだろう。そもそも車に興味がないため、知識もほとんどなかった。今回免許を取ることになり、会社の同僚たちに少し話を聞いただけだった。

それでも子供のころは車を運転したいと思っていた。ランボルギーニやフェラーリに憧れた時期もあった。

だが、実際に車を所有すると維持費がかかる。駐車場代やガソリン代、税金や車検なども含めるとかなりの金額だ。スーパーカーを颯爽《さっそう》と乗りまわすのなど夢のまた夢だった。

今現在、車がなくてもまったく不便ではない。とくに必要性を感じていないので、免許を取ってもマイカーを買う予定はなかった。

午前十一時すぎ、アナウンスが流れて新幹線が徐々にスピードを落としはじめる。やがて駅のホームに滑りこんで停車した。

（ついちゃったな……）

気が重いが帰るわけにはいかない。自動車学校の教習は、さっそく今日の午後からはじまることになっていた。

大吉はボストンバッグを手にしてホームに降り立った。

自動車学校から迎えが来ることになっている。改札を抜けて駅前のロータリーに向かうとマイクロバスが停車していた。車体の横に自動車学校の名前が入っているので間違いなかった。

ドアが開いており、背広姿の初老の男が立っていた。手には名簿らしきものを持っている。きっと彼に名前を言えばいいのだろう。

「あの……今日から入校することになっている吉岡大吉です」

恐るおそる声をかけると、その男は無遠慮な視線を向けてきた。いきなり怪訝《けげん》そうにじろじろ見まわされて不快だった。

大吉が中年なので驚いたのかもしれない。自動車教習所は若い人が圧倒的に多いだろう。予想はしていたが、これほどあからさまな態度を取られるとは思っていなかった。

「吉岡、吉岡……はい、乗って」

男は名簿にチェックを入れると、乗るようにうながしてきた。

面倒くさそうな言い方も気になった。頭頂部が禿《は》げあがっており、近くで見るとかなり年配に見えた。大吉より年上でも、客に対してそんな態度を取れる神経が理解できなかった。

苛立《いらだ》ちを覚えたが、とにかく最短で卒業しなければならない。気持ちを抑えてマイクロバスに乗りこんだ。

すでに教習生と思われる人たちがぽつぽつと座っていた。やはり若い人ばかりで少々気後れしてしまう。大吉も空いている席に腰かけると、先ほどの男が乗りこんできてマイクロバスが発車した。

駅前はかろうじて栄えているが、少し走ると周囲に田園風景がひろがった。信号もほとんどないので、路上教習はきっと楽だろう。これなら最短で卒業できるかもしれなかった。

だが、大吉は免許を取ったあと、東京でトラックの運転をしなければならないのだ。配達ドライバーになることを考えると不安だった。

十分ほど走り、自動車学校に到着した。

東京で見かけるのと同じで、練習コースの隣に建物がある、ごくありふれた教習所だった。

バスを降りると教室に案内された。

この日、入校するのは十名ほどだ。ぱっとみたところ、ほとんどが大学生だろう。そのなかで中年の大吉は明らかに浮いていた。

これから入校式が行われて、そのあと学科教習がはじまるという。

大吉は一番前の席に座った。黒板を目にしただけで緊張してしまう。劣等生だった学生時代に戻った気分だった。それでも、まだこの時点ではなんとかなると思っていた。

最近の自動車学校は昔とだいぶ違うらしい。

以前はやたらと高圧的な教官がいて、怒鳴られながら教習を受けたという話をよく聞いた。ところが今は教習生を集めるために教え方が丁寧になり、好きな教官を写真指名できる教習所もあるという。

教習車も高級化が進んでおり、ベンツやＢＭＷ、アウディなどの外車を使用しているところもあるようだ。とにかく、大吉の学生時代とは様変わりしているようだった。

（ううん、なんか違うな……）

大吉は教室から廊下に出ると、心のなかでつぶやいた。

入校式とはじめての学科教習を受けたところだが、想像していた感じとはずいぶん違った。中年の教官が一方的にしゃべるだけの学科教習は、話に聞いたことがある昔の教習所の悪いイメージそのものだった。

（教官によるのかもしれないな……）

当然ながら個人差はあるだろう。たまたま無愛想な教官に当たってしまったと思うことにした。

さて、次はいよいよ技能教習だ。緊張するが楽しみでもあった。その前にトイレに行って用を足した。

トイレを出たところにベンチがあり、ひとりの女性が座っていた。

受付の前の広いスペースが待合所だった。だが、ずいぶん混み合っていたので、大吉は目の前のベンチに腰かけた。

（……ん？）

隣に座っている女性の様子がおかしかった。年のころは三十前後だろうか。大学生が多いなかでは、落ち着いた雰囲気を漂わせていた。焦げ茶のフレアスカートに白いブラウス、その上に黄色いカーディガンを羽織っている。セミロングの黒髪は艶《つや》やかに輝いていた。

一見したところ、人妻といった雰囲気だ。

やさしげな顔立ちをしているが、瞳が濡《ぬ》れているように見える。肩が小刻みに揺れているのも気になった。

（泣いてる……のか？）

じろじろ見るのは悪いと思い、運転教本を開いて読んでいる振りをした。

横目で確認すると、その女性のかたわらには教習手帳が置いてあった。名前の欄には「南沢佳奈子《みなみさわかなこ》」と記されていた。車種は「普通車ＡＴ」となっており、入校日は大吉より一週間早かった。

（佳奈子さん……か）

いけないと思いつつ、どうしても視線が向いてしまう。

やはり泣いているようだ。ときおり指先で目のあたりを触れている。おそらく涙を拭っているのだろう。

——どうかされましたか？

そんなふうに声をかけることができれば、この年まで独身ということはなかったのかもしれない。

学生時代につき合った彼女はいるが、就職してからはずっとひとりだった。それでもいつかは結婚できるだろうと楽観していた。どこかで出会いがあり、なんとなくいっしょになる。そんな未来を予想していた。

だが、現実はまったく違った。待っているだけでは出会いなどあるはずもなく、会社とアパートを往復する生活が何年もつづいていた。

「うっ……うぅっ……」

抑えているが、それでも嗚咽《おえつ》が聞こえてくる。なにがあったのか、佳奈子は顔をうつむかせて悲しみに暮れていた。

声をかけるべきだろうか。だが、いきなり見知らぬ男が話しかけてきたら警戒するのではないか。不快な思いをさせるくらいなら、最初からなにもしないほうがいいかもしれない。

迷っているうちに技能教習の時間が迫ってきた。

もう一度、横顔をチラリと見やった。ちょうどそのとき、真珠のような涙が頬を伝い落ちた。

「あの……」

自分の声にはっとする。つい無意識のうちに声をかけてしまった。

普段は初対面の人に自分から話しかけることはない。しかも、相手が女性ならなおさらだ。それなのに、泣いている佳奈子があまりにも悲しげで放っておけなかった。

(ま、まずい……俺はなにをやってるんだ)

声が聞こえていなかったことを祈るが、彼女はゆっくり顔をあげてこちらを向いた。

「え、えっと……」

濡れた瞳で見つめられて、ますます動揺してしまう。そのとき、次の教習がはじまるチャイムが鳴り響いた。

「こ、これ、使ってください」

大吉は立ちあがると、チノパンのポケットに入っていたハンカチを彼女に差し出した。

「え……」

佳奈子はとまどった顔をするが、それでも両手で受け取ってくれる。指先が微《かす》かに触れた瞬間、胸の鼓動が速くなった。

「ありがとう……ございます」

囁《ささや》くような声で礼を言われて恥ずかしくなる。柄にもなく気障《きざ》なことをしてしまった。もう彼女の顔をまともに見ることができず、大吉は逃げるようにその場をあとにした。

2

大吉は表に出ると、急いで教習車に向かった。

すでにチャイムは鳴り終わっている。技能教習のときは教習車の前で待機するように説明を受けていたが、いきなり遅れてしまった。

並んで停車している教習車は白い国産のセダンだ。いかにも教習車といった感じで、しかも見るからに年季が入っていた。

そういえば、教習生が教官を指名できるシステムはなかった。教習所側で教官を決めて、卒業するまで担当することになるという。薄々感じていたが、この教習所には新しいものがなにも導入されていない。ど田舎のせいなのか、昔ながらの自動車学校だった。

大吉が乗る五号車の前には、ひとりの女性が立っていた。

おそらく彼女が担当の教官だ。濃紺のスーツに身を包み、ストレートの黒髪を背中に垂らしている。タイトスカートは膝がのぞく丈で、ナチュラルベージュのストッキングに包まれた脚がすらりと伸びていた。

腕組みをしており、少し脚を開いて仁王立ちしている。

遠目に見てもダイナミックなプロポーションだ。乳房はシャツのボタンが弾《はじ》け飛びそうなほどで、腰は思いきりくびれている。尻もむっちり張り出しているのがひと目でわかった。

「す、すみませ――」

「遅い！」

最後まで言い終わる前に一喝された。

切れ長の瞳でにらまれる。顔立ちが整っているだけに、なおさら言葉が厳しく感じられた。

「お、遅れてすみません」

息を切らしながら、もう一度謝罪する。深々と頭をさげると、教官はそれ以上なにも言わなかった。

「はじめるわよ。運転席に乗って」

「は、はいっ」

これ以上怒らせてはいけないと、急いでドアを開けようとする。その直後、またしても厳しい声が飛んできた。

「安全確認！」

どうやら、すでに教習がはじまっているらしい。乗車する前の安全確認は、先ほどの学科教習で習ったばかりだった。

「す、すみませんっ」

大吉は慌てて車の前と後ろにまわりこみ、目視で安全を確認する。そして後方から車が来ていないかを見てから、運転席の横に移動した。そこで再度、後方確認をして車に乗りこんだ。

（これは大変な教官に当たったぞ……）

吐く息が白くなるほど気温は低いのに、額に冷や汗が浮かんでいた。

一時限は五十分だが、地獄の時間になりそうだ。とにかく気合いを入れて挑まなければ、また怒鳴られてしまうだろう。

助手席のドアが開いた瞬間、さらに緊張感が高まった。

無意識のうちに背筋がピンッと伸びる。大吉は目を合わせないように、まっすぐ前を向いていた。

「やればできるじゃない」

助手席に座った教官の声は、打って変わって柔らかい。先ほどとは別の意味で驚かされてしまった。

「最初から安全確認を完璧にできる人はあまりいないのよ。学科をちゃんと聞いていたのね」

どうやら乗車前の安全確認は正しかったらしい。少しほっとするが、気を抜くことはできなかった。

「仕事で免許を取りに来ているので、延長なしで卒業しなければならないんです」

「ふうん、吉岡さんはどんなお仕事をされてるの？」

教習手帳で名前を確認すると、教官が質問してきた。

「宅配業者です。今度、仕分け担当からドライバーに変わるので、免許が必要になりました」

「それは大変ね。四十二歳か……」

教官はそう言って黙りこんだ。やはり中年になってからの取得はむずかしいのだろうか。

「あっ、自己紹介しておくわね。わたしは担当の――」

彼女は藤島《ふじしま》沙織《さおり》と名乗った。そして、聞いてもいないのに三十六歳の人妻だということまで教えてくれた。

「ちゃんと言っておかないと、いろいろ面倒なときがあるから」

いったいどういう意味だろう。そんなことで教習生と揉《も》める場面がまったく想像できなかった。それより今は、自分のことで精いっぱいだ。万が一、免許が取れなかったときのことを考えると心配だった。

「俺くらいの年で免許を取るのは、むずかしいですか?」

思いきって助手席に顔を向けると尋ねてみる。沙織もこちらを向いたため、視線が重なってドキリとした。

「年齢とともに反射神経や判断力が鈍ってくるのは事実よ。まずは真面目《まじめ》に取り組むことね。その点、吉村さんの場合は心配してないわ。お仕事がら、体力もありそうだから期待できるわね」

運転免許を取るのに体力が関係あるのだろうか。思わず首をかしげると、彼女は口もとに微かな笑みを浮かべた。

そのとき、むっちりした太腿《ふともも》が目に入った。

助手席に座ったことでタイトスカートがずりあがり、裾から太腿が大胆に露出していた。ストッキングの光沢が艶《なま》めかしくて、思わず視線が吸い寄せられてしまう。

（や、やばい……）

懸命に視線を引き剝がすが、今度はシャツの胸のふくらみが気になった。

沙織はジャケットのボタンをはずして前を開いているため、シャツの胸もとが強調されていた。白い生地が張りつめており、そこにブラジャーのレースが透けている。

（ダ、ダメだ……）

大吉は理性の力を総動員して顔をフロントガラスに向けた。

汗がこめかみを流れ落ちていく。ただでさえはじめての技能教習で緊張していたのに、美人教官とふたりきりだということを意識してしまう。別の緊張まで加わり、大吉はロボットのように全身を硬直させていた。

「ところで、ご結婚はされてるの？」

「ひ、ひとり身です」

もう助手席を見ることができず、まっすぐ前を向いたまま答えた。

視界の隅に沙織がうなずいているのが見える。どうしてそんなことを聞くのだろう。疑問が浮かぶが、今の大吉に質問をする余裕はなかった。

「運転する前に、まずは自動車のことを説明しておくわね」

足もとのペダルやシフトレバー、それにウインカーなど、ひととおりの説明を受けた。知識としては知っていたが、それらを運転しながら操作するのはむずかしそうだ。

（そんなこと、俺にできるのか？）

不安が頭をもたげてくる。

それでも、とにかくやるしかない。配達ドライバーになることが決まっているのだから、免許が取れなかったではすまされないのだ。

「じゃあ、エンジンをかけるわよ。キーをまわして、エンジンがかかったら手を離すの。やってみて」

沙織にうながされて、大吉は恐るおそるキーをまわした。セルモーターの回転する音が聞こえて、すぐにエンジンがかかった。

「おっ……」

はじめて自分の手でエンジンをかけた。軽い感動を覚えると同時に緊張感が高まった。

「外周をゆっくりまわるわよ」

言われるままフットブレーキを踏んでサイドブレーキをはずすと、ギアを一速に入れる。半クラを意識しながら、そっとアクセルを踏んでみた。

「う、動きました」

車がそろそろと前進する。まだカタツムリが這《は》うような速度だが、自分で動かしていると思うと速く感じた。

「カーブに沿ってハンドルを切って、もう少しアクセルを踏んでいいわ」

「こ、こうですか?」

車の速度が少しあがり、恐怖がこみあげてくる。こうなると頼れるのは沙織しかいなかった。

「じゃあ、ギアをあげるわよ」

直線に入ったところで、沙織が新たな指示を出した。

アクセルをゆるめてクラッチを踏み、そしてシフトレバーを握って二速にあげようとする。ところが、角度が悪いのかギアが入らない。力をこめてみるが、どこかに引っかかっているのか上手《うま》くいかなかった。

「あ、あれ？」

「焦らないで」

助手席から沙織が語りかけてくる。そして、シフトレバーを握っている大吉の手に、そっと手をかぶせてきた。

「うっ……」

一瞬、柔らかい手のひらの感触に気を取られてしまう。はじめての運転で焦っていたのに、胸の高鳴りを覚えていた。

「わたしの言うとおりにやれば大丈夫よ」

「で、でも、ギアが……」

さらに力をこめてみるが、どうしても二速に入らなかった。

「そんなに力はいらないのよ。女を扱うときと同じなの」

「お、女……ですか？」

「そうよ。ほら、こうやってやさしく」

沙織は重ねた手でシフトレバーを操作してくれる。すると、あっさり二速の位置にはまった。

「ね、簡単でしょう。じゃあ、クラッチペダルを離して、アクセルを軽く踏んでみて」

「は、はい……」

彼女の手が離れてしまったのは残念だが、とりあえず二速にシフトアップすることはできた。

車はなめらかに進み、スピードも少し速くなる。何キロ出ているのか気になるが、まだスピードメーターを見る余裕はない。それでもカーブに差しかかってハンドルを切ると、自分で運転している気分になってきた。そのまま外周をゆっくりまわった。

「じゃあ、三速に入れてみるわよ」

沙織に言われて左手でシフトレバーを握ると、今度は最初から手のひらが重なってきた。

（えっ、ちょ、ちょっと……）

大吉は激しく動揺してしまう。

手の甲に載っているだけではなく、なぜか撫《な》でまわすように動いている。さらには指先で、大吉の指の股をそっとなぞってきた。

「うっ……」

なにやら卑猥《ひわい》なことを想像してしまう。胸の鼓動が速くなるが、今は運転に集中しなければならない。だが、どうしても気が散り、黙々と走らせるだけで精いっぱいだった。

「どうしたの、三速に入れなさい。やり方は二速のときと同じよ」

「は……はい」

なんとか三速に入れるが、その間も彼女の手はぴったり重なっていた。

「ああ、そうよ、上手く入ったわ」

沙織が褒めてくれるが、その声が妙に艶っぽく感じてしまう。手のひらは密着したままで、指の股をねちっこく擦《こす》りあげていた。

はじめての技能教習は、最初から最後まで緊張したままだった。

沙織のことは気になったが、ミラーを見る余裕もないのだから助手席に視線を向けられるはずがなかった。

しかし、車を停《と》めてから注意事項を聞く間に、タイトスカートからのぞいている太腿や、シャツに透けているブラジャーのレースなどを盗み見た。思わず惹《ひ》かれそうになるが、彼女は人妻だというのがブレーキになった。

（なるほど、こういうことか……）

今になって、沙織が最初に既婚者だと告げたわけが理解できた。

車は一種の密室だ。彼女のようにきれいな女性とふたりきりでいれば、好きになってしまう男もいるに違いない。まだ一時限しか乗っていないが、大吉も沙織の魅力に惹かれていた。

「今回はまったく問題ないわね。少し焦るところもあったけど、だんだん慣れてくるから大丈夫よ」

沙織が教習手帳に判子を押してくれる。これで最初の技能教習は無事クリアできた。

「ただし、遅刻はダメよ。今度一秒でも遅刻したら、判は押さないからそのつもりで」

教習手帳を大吉に返しながら、沙織の目つきが鋭くなった。同じミスをくり返したら、本気で不合格にするという意志が伝わってきた。こうしていると、しっかり指導してくれる厳しい教官にしか見えない。

（でも、なんか不安だな……）

気になるのは自分の運転だけではなかった。

沙織は自分で予防線を張っておきながら、教習中はやたらと触ってきた。それなのに、今はまったく普通の態度を取っている。彼女の考えていることがまったくわからなかった。

その後も学科教習と技能教習を受けて、ようやく初日の日程が終了した。

宿舎まではマイクロバスで送迎してもらえることになっている。送迎時間が決まっており、各々が都合のいいときに乗るシステムだ。

大吉はマイクロバスに揺られながら、どんなところに泊まるのか不安に駆られていた。

昔の合宿免許の宿泊施設といえば、寂れた民宿で相部屋というのが定番だ。この自動車学校は昭和からタイムスリップしたように旧式なので、おそらく泊まる場所も昔と同じタイプなのだろう。赤の他人と同じ部屋ですごすことを考えると憂鬱だった。

ところが十数分後、マイクロバスはビジネスホテルの前で停車した。意外なことに宿泊施設はビジネスホテルの個室だった。

あとで聞いてわかったことだが、数年前までは民宿と契約していた。だが、そこが廃業したため、ビジネスホテルに変更になったという。

とにかく、夜は部屋でゆっくりできるのがありがたかった。部屋はごくありふれたビジネスホテルのシングルルームだ。ここに泊まれるのなら、なんの不満もなかった。

3

合宿免許がはじまって三日が経《た》っていた。

今のところ、とりあえず順調だ。学科教習は眠気との戦いでもあるが、寝ることなく踏ん張っていた。ホテルに帰ったら必ず復習しているので、だいぶ頭に入っていると思う。

実技教習は相変わらず緊張するが、沙織の教え方が上手いのでなんとかなっていた。ただ、やたらとボディタッチしてくるのが気になった。

シフトレバーに置いた手に触れてくるのはもちろん、アクセルの踏み方が浅いと「もっと踏みこんで」と言いながら右の太腿を撫でたりする。注意するときに身体《からだ》を寄せて、乳房のふくらみが腕に押し当てられたこともあった。

とにかく、なにかと理由をつけて体に触れてくるのだ。正直悪い気はしないが、彼女の考えていることがわからない。もしかしたら、独身の中年男をからかって楽しんでいるのだろうか。

いろいろあるが教習自体は問題なく進んでいた。

この日は朝一番で実技教習を受けて、そのあとは三時限つづけて学科教習だった。昼食は自動車学校内にある食堂で摂《と》っている。お世辞にも美味《おい》しいとは言えないが、周辺には店がいっさいなかった。

一番近くのコンビニでも徒歩二十分ほどかかってしまう。往復すると午後からの教習に響くので、昼休みに出かける気はしなかった。

ビジネスホテルの周辺は、少し歩けばコンビニも居酒屋もあるので不自由はしていない。ホテル内にコインランドリーがあるのも助かっていた。

大吉は食堂でラーメンを食べると、午後の教習に備えて教室に向かった。

いつも最前列に座るようにしている。教官の声を聞き逃さないためだが、居眠りを防止するという意味もあった。よほど図太くなければ、一番前で寝ることはできない。すべては延長なしで卒業するためだった。

「お隣、いいですか?」

運転教本をパラパラめくっていると、ふいに声をかけられた。

顔をあげると、よく見かける女性の姿があった。一度も言葉を交わしたことはないが、学生ではない大人の女性なので印象に残っていた。

少し目尻のさがったやさしげな顔立ちで、マロンブラウンのふんわりした髪が肩に柔らかく垂れかかっている。黒地に小花を散らした柄のワンピースに身を包んでおり、おっとりした雰囲気の女性だった。

(きれいな人だな……)

心のなかでつぶやき、思わず見惚《みと》れてしまう。

年のころは三十代半ばといったところだろうか。一見すると淑《しと》やかだが、隠しきれない熟れた色香が全身から滲《にじ》み出ていた。

「いつも一番前の席に座ってらっしゃいますよね」

穏やかな声で語りかけてくる。大吉はとっさに言葉を返すことができず、無言のままうなずいた。

「お隣……どなたかいらっしゃいますか？」

彼女が遠慮がちに尋ねてくる。机はふたりがけになっており、大吉の隣はいつも空いていた。

「あ……ど、どうぞ」

慌てて答えると、彼女は目を細めてにっこり微笑《ほほえ》んだ。

「では、失礼します」

ワンピースの裾を手で押さえながら腰かける。そして、ほっそりした指先で髪をすっと搔《か》きあげた。少し首をかたむけて大吉の顔を見つめてくると、唇の端に微かな笑みを浮かべた。

そんな仕草のひとつひとつに、大人の余裕と色気が感じられる。若いだけの女子大生とはまるで違う魅力が備わっていた。

(どうして、俺の隣に……)

突然、話しかけられた理由がわからない。思いきって尋ねようとしたとき、彼女のほうが先に唇を開いた。

「ごめんなさい、いきなりで驚かれたでしょう」

「い、いえ……」

「年が近いと思ったものですから、つい……ご迷惑だったでしょうか」

申しわけなさそうに言われて、大吉は慌てて首を横に振った。

「迷惑だなんて、そんなことは……あの、それに年はだいぶ離れてますよ。俺、四十二ですから」

「やっぱり近いです」

彼女はそう言うと、恥ずかしげに「三十八歳なんです」とつけ加える。その流れで本田《ほんだ》美鈴《みすず》と名乗ってくれた。大吉も名前を告げれば、彼女は「大吉さん」とつぶやいてうなずいた。

「御利益《ごりやく》がありそうなお名前ですね」

美鈴が穏やかな声で語りかけてくる。ゆったりした感じが素敵な大人の女性だった。

「なにか御利益があればいいんですけどね」

彼女の微笑に惹かれて、自然と大吉も頬が緩んでいた。

「ここって若い方が多いじゃないですか。なんだか気後れしてしまって」

「俺も同じことを思っていました。おじさんだから場違いな気がして……話しかけてもらってよかったです」

「わたしも思いきってお声をかけてよかったです」

美鈴はきちんと目を見て話すので、ただ言葉を交わしているだけでドキドキしてくる。しかも教室で並んで座っているため、学生時代に戻ったような気分になってきた。

「吉岡さんはいつも熱心に教習を受けていますね」

美鈴は「大吉さん」ではなく「吉岡さん」と呼んだ。少し残念だったが、彼女の生真面目さを感じた。

「会社から半分お金を出してもらって、合宿で免許を取りに来てるんです。だから、延長なしで卒業しないといけなくて」

「そうだったんですね。てっきりお家《うち》で奥さんが待ってるから、早く戻りたいのかと思っていました」

「いやいや、ひとり身なんで……は、ははっ」

この年まで独身だということを告白するのは恥ずかしい。なんとかごまかそうとするが、頬がひきつって上手く笑えなかった。

「わたしは夫に先立たれてしまって……ひとり身という意味では同じですね」

美鈴は夫を一年前に病気で亡くしている。だが、遺《のこ》してくれたものがあるので生活には困っていないという。

「ちょっと引きこもりみたいになってしまって……でも、このままではいけないと思ったんです。それでわたしも合宿で免許を取ってみることにしました」

「大変だったんですね……」

てっきり人妻だと思っていたので未亡人とは意外だった。しかし、よくよく考えてみれば、人妻が合宿免許に来るのは不自然だろう。見た目はおっとりしているが、美鈴はつらい過去を背負っていた。

「実技の担当教官はどなたですか？」

話題を変えようと思って尋ねてみる。そして、「俺は藤島教官です」とつけ加えた。

「あっ、同じです。わたしも藤島教官なんです」

美鈴の声がぱっと明るくなった。話題を振ってみて正解だ。同じ教官とは奇遇だった。

「美人で教え方も上手で、いい教官ですよね」

「え、ええ、そうですね」

大吉はとっさに作り笑顔でうなずいた。

やたらと触れてくるのは気になるが、そのことは黙っておいたほうがいいだろう。女同士なら触れることはないはずだ。沙織のことを気に入っているなら、よけいな情報は与えるべきではないと思った。

「わたしも予習しておこうかしら」

美鈴が運転教本を開いて眺めはじめる。大吉はその横顔をチラリと見やり、またしても胸の高鳴りを覚えていた。

「もうだいぶ頭に入ってるんですか」

「復習はしてますけど、まだあやふやですね」

「わたしは全然なんです。ちゃんとやらないとダメですね」

ホテルに戻ってから見直そうと思っても、シャワーを浴びると疲れて寝てしまうという。

「ちょっと問題を出してみましょうか」

大吉のほうから提案してみる。どちらかといえば人見知りする性格だが、美鈴は話し方がおっとりしているので取っつきやすかった。

「答えられるかしら」

そう言いながら彼女は楽しそうだ。大吉も楽しくなり、運転教本をめくって問題を探した。

「ではいきますよ。信号機に関する問題です。対面する信号の灯火が青色から黄色に変わったとき、車はとくに注意して進行しなければならない。○か×かで答えてください」

「黄色は注意だから……○じゃないかしら」

美鈴は首をかしげながら答えると、大吉の顔を見つめてくる。なにやらクイズを出して遊んでいる気分になってきた。

「正解は……×です」

子供のころ、黄色は「注意」と習ったが、実際は「停まれ」が正解だった。ただし、停止線を越えていたり、停止位置で安全にとまれないなど危険がともなう場合に限り進むことができるという。

「赤は停まれだけど、黄色は条件つきの停まれなんですね」

今度は美鈴が問題を出して大吉が答える。そんなことを何回かくり返しているうちに、少しずつ教習生たちが集まってきた。教官もやってきたので、問題の出し合いはそこで終わりにした。

「あの吉岡さん……」

教習が終了すると、美鈴のほうから話しかけてきた。

「先ほどの、とっても楽しかったです」

問題を出し合ったことを言っているのだろう。その話をする彼女の頬は、なぜかほんのり染まっていた。

「あの……今夜いっしょに復習をしませんか」

「ホテルに帰ってからですか？」

まさかと思いながら聞き返す。すると彼女はおどおどした様子で視線をそらして、こっくりうなずいた。

「い、いえ、あの……ご、ご迷惑でしたら、断ってもらって構いません」

照れている美鈴がかわいらしい。大吉まで照れくさくなり、抱きしめたい衝動がこみあげた。

「ぜひ、お願いします」

答えたとたん顔がカッと熱くなる。鏡で確認するまでもなく、赤くなっているのがはっきりわかった。

4

その日の夜、大吉はホテルに戻ると、すぐ館内のレストランに向かった。朝晩の食事代も合宿免許の料金に含まれている。メニューは選べないが、ホテル内で食事ができるのは楽だった。

レストランに入ると、無意識のうちに美鈴の姿を捜していた。しかし、残念ながら見つけることはできなかった。

急いで食事をすませると部屋でシャワーを浴びた。

今夜はこれから美鈴の部屋で、学科の復習をすることになっている。でも、もしかしたら、なにかいいことがあるかもしれない。なにしろ、密室で男と女がふたりきりになるのだ。彼女の照れた表情を思い返すと、期待せずにはいられなかった。

約束の夜八時、美鈴の部屋のドアをノックした。

なにがあってもいいように、洗い立てのボクサーブリーフとダンガリーシャツを選んだ。未亡人の美鈴もアバンチュールを期待しているのではないか。そう考えると、股間が疼《うず》いて仕方なかった。

「お待ちしていました」

ドアが開き、美鈴が顔をのぞかせた。

うれしそうな微笑を浮かべて、大吉の顔を見つめてくる。瞳は少し潤んでおり、頬が桜色に染まっていた。

「こ、こんばんは……」

いきなり緊張して声がうわずってしまう。彼女の顔を見たことで、なおさら期待が高まった。

美鈴は清潔感のある白いブラウスに深緑のフレアスカートを穿《は》いていた。胸もとが大きく盛りあがっており、ついつい視線が引き寄せられる。スカートの裾からはベージュのストッキングがのぞいていた。

「どうぞ、お入りください」

軽やかな声で告げると、美鈴はドアを大きく開いてくれる。大吉は背中を向けた彼女につづいて部屋に足を踏み入れた。

「し、失礼します」

同じホテルの部屋なのに、まったく違う気がするから不思議だった。

前を歩く彼女の髪が少し湿っており、甘いシャンプーの香りが漂ってくる。どうやら、シャワーを浴びたらしい。それを思うだけで胸の鼓動が速くなり、体温が一気に上昇した。

「あ、あの、食事は摂ったのですか？」

「いえ、今夜は吉岡さんをお迎えする準備があったので……」

レストランに行かず、身支度を調えるのに時間をかけたのだろう。期待が高まると同時に、申しわけない気持ちになってきた。

「お腹《なか》、空《す》きませんか？」

「もともと夜はあまり食べないんです。お気になさらずに……どうぞ、おかけになってください」

美鈴が声をかけてくれるが、座るところは小さなライティングデスクの椅子とベッドしかない。大吉は迷いながらもベッドに腰かけた。すると美鈴はデスクに置いてあった運転教本を手に取った。

「あっ……」

大吉は思わず声を漏らした。復習をしにきたのに、肝心の運転教本を持ってこなかった。

「どうかしましたか？」

美鈴が隣に座りながら見つめてくる。ベッドが軽く軋《きし》んで小さく揺れた。

「すみません、教本を忘れてしまいまして……」

浮かれていて復習のことなど頭になかった。自分でも呆《あき》れるのだから、彼女がどう思うか不安だった。ところが美鈴は目を細めて微笑んだ。

「運転教本ならここにありますよ」

あっさりそう言うと、美鈴は尻を浮かせて距離をつめてくる。そして座り直したとき、肩と肩が触れ合った。

（お、おい、近すぎないか？）

緊張感が一気に高まり、胸の鼓動が速くなる。わざわざ離れるのも意識しすぎと思われそうで身動きできなかった。

「いっしょに見ましょう」

美鈴が教本を片手に語りかけてくる。吐息が耳に吹きかかり、くすぐったさとともに欲望が刺激された。

「ほ、本田さん……」

隣を見ると、彼女の顔がすぐそこにあった。

瞳がねっとり潤んでいる。やはり美鈴も期待していたのではないか。未亡人になって、熟れた女体を持てあましていたのではないか。

「美鈴って呼んでください」

囁くような声だった。

「み……美鈴さん」

思いきって呼んでみる。すると彼女は頬をぽっと赤らめた。

「はい……」

小声で返事をして大吉の肩に寄りかかってくる。顔がさらに近くなり、彼女の甘い吐息が鼻先をかすめた。

「ふ、復習を……や、やるんですよね」

「でも、その前に……」

美鈴が潤んだ瞳で見つめてくる。これは誘っているのだろうか。でも、もし勘違いだったら大変なことになる。だが、彼女の甘い吐息を嗅いでいるうちに我慢できなくなってきた。

(も、もう……もうダメだ)

欲望を抑えきれず、彼女の肩を両手でつかんで顔を近づける。すると美鈴は拒絶することなく睫毛《まつげ》をそっと伏せた。

そのまま唇をそっと重ねていく。表面が軽く触れただけで気分が高揚した。最後にしたのがいつか覚えていないくらい久しぶりのキスだった。

未亡人の唇は蕩《とろ》けそうなほど柔らかい。舌を伸ばして表面を舐《な》めてみると、彼女は唇を半開きにして応じてくれた。すぐさま舌を侵入させて、唇の裏側に這わせていった。

「はっ……ンンっ」

美鈴は微かな声を漏らして女体を震わせた。すると彼女も舌を伸ばしてくると、大吉の舌をからめとった。

「あンンっ……」

「み、美鈴さん……んんっ」

舌の粘膜がヌルヌルと擦れ合うのが心地《ここち》いい。さらに深く舌をからめながら女体をそっと抱きしめた。

「ああっ、吉岡さん」

美鈴も背中に手をまわしてくる。大吉の体にしがみつき、顔を上向かせて口づけに応えていた。

だから、自然とキスが激しくなる。舌を深くからませるだけではなく、彼女の甘い唾液をすすりあげて嚥下《えんげ》した。反対に大吉の唾液を口移しすれば、美鈴も躊《ちゅう》躇《ちょ》することなく飲んでくれる。こうして互いの味を知ることで、ますます気分が盛りあがった。

白いブラウスの上から乳房のふくらみに触れてみる。ブラジャーのカップが邪魔をしており、もどかしさが募ってなおさら欲望が掻き立てられた。ブラウスのボタンを上から順に外して前を開くと、黒いセクシーなブラジャーに包まれた乳房が見えてきた。

「は、恥ずかしいです」

美鈴は小声でつぶやくが、それでもいっさい抗《あらが》うことはなかった。

ブラウスを脱がして、背中に手をまわすとホックをはずす。とたんにカップが弾け飛んで、双《ふた》つの乳房が露《あら》わになった。

染みひとつない雪のように白い肌が、魅惑的な曲線を描いて柔らかい丘を形成している。彼女が身じろぎするたび、出来たてのプリンのように波打った。頂に載っている乳首は濃い紅色で乳輪が大きめなのが卑猥だった。

「おおっ……」

見事な美乳を目の当たりにして、大吉は思わず唸《うな》っていた。

ブラジャーを取り去ると、震える手で触れてみる。そっとあてがっただけなのに、指先がいとも簡単に沈みこんだ。柔肉の感触に陶然となり、ゆったり揉みまわした。

「や、柔らかい……すごく柔らかいですよ」

興奮が大きすぎて黙っていられない。感じたままを言葉にして、さらに乳房を揉みつづけた。

「はンっ……はあンっ」

美鈴は恥ずかしげに肩をすくめるが、されるがままになっている。やはり、こうなることを期待していたのではないか。彼女の反応を見ていると、そんな気がしてならなかった。

乳輪の周囲をそっとなぞり、乳首をキュッと摘《つ》まみあげる。そのとたん、女体にぶるるっと震えが走った。

「ああッ」

刺激を受けた乳首が瞬く間に硬くなる。充血してとがり勃《た》ち、乳輪までふっくら盛りあがった。

「美鈴さんの乳首、もう硬くなってきましたよ」

「言わないでください……あぁッ」

しきりに照れているが女体はしっかり反応している。交互に刺激することで、双つの乳首は完全に勃起した。

大吉は興奮にまかせて、乳房の谷間に顔を埋《うず》めていく。双乳の柔らかさを頬で感じると、ミルクのように甘い女体の香りを肺いっぱいに吸いこんだ。さらには乳首を口に含み、舌先でねっとり舐めまわした。

「あっ……あっ……」

硬くなった乳首を転がすたび、美鈴の唇から喘《あえ》ぎ声が溢《あふ》れ出す。彼女は両手を背後につき、胸を突き出すような格好になっていた。

大吉はたっぷりした乳房を揉みあげながら、双つの乳首をかわるがわる舐めまくった。紅色の乳首が唾液を浴びて濡れ光っている。乳輪ごと吸いあげると、ますます硬く盛りあがった。

「ああンっ、よ、吉岡さん」

美鈴が切なげな瞳で見つめて、大吉の股間に手を伸ばしてきた。

ペニスはすでに勃起して、チノパンの前が大きなテントを張っている。そこに手のひらを重ねて、愛《いと》おしげに撫でまわしてきた。

「うっ……ううっ」

こらえきれない快楽の呻《うめ》き声が漏れてしまう。大吉が腰をよじると、彼女はますます大胆に愛撫《あいぶ》してくる。チノパンごしに太幹をつかみ、ゆるゆるとしごきはじめた。

「あンっ、硬いです」

美鈴がうれしそうにつぶやき、男根をしっかり握りしめてくる。先端からカウパー汁が溢れて、ボクサーブリーフの内側はヌルヌルになった。

「吉岡さんも……」

ほっそりした指でベルトが緩められて、チノパンのボタンをはずしてファスナーをおろされる。グレーのボクサーブリーフが見えてくると、我慢汁の黒っぽい染みがひろがっていた。

美鈴はベッドから降りて目の前でしゃがみこんだ。そして、チノパンを脱がすと、ボクサーブリーフにも指をかけてきた。まくりおろされた直後、屹立《きつりつ》したペニスが勢いよく跳ねあがった。

「ああっ、すごいです」

カウパー汁の濃厚な匂いがひろがるが、彼女はいやがる様子もなく、何度も深呼吸をくり返した。

「この匂い……久しぶりです」

夫を一年前に亡くして、引きこもりのようになっていたという。少なくともその間、男性に触れる機会はなかっただろう。久しぶりに男根を目にして、美鈴の顔は紅潮していた。

「ああっ、もう……はむンンっ」

もう我慢できないといった感じでペニスにむしゃぶりついてくる。亀頭を口に含んだと思ったら、舌を伸ばして舐めまわしてきた。

「ううっ、み、美鈴さんっ」

突然のフェラチオで快感が突き抜ける。反射的に両脚がつま先までピーンッと伸びきった。

「あふっ、硬い……すごく硬いです」

美鈴は譫言《うわごと》のようにつぶやきながら、勃起した男性器をしゃぶりまわす。亀頭を口に含み、根元までゆっくり呑《の》みこんでいく。柔らかい唇が、鉄棒のように硬くなった肉棒の表面を撫でていた。

「あふっ……はむっ……むふンっ」

昼間は淑《しと》やかだった美鈴が、夢中になってペニスをねぶりまわしている。未亡人の欲の深さを感じて、大吉もかつてないほど興奮していた。

「ま、まさか、こんなこと……くううッ」

彼女が頭を振ることで、太幹が唇でしごかれる。唾液とカウパー汁を塗り伸ばすことで潤滑油となり、ヌルヌル滑る感触がたまらない。亀頭は破裂寸前までふくらみ、竿《さお》の部分には太い血管が浮きあがった。

先走り液が次から次へと溢れるが、彼女は美味しそうに喉を鳴らして飲みくだす。そして、さらに首の振り方を激しくして、肉棒をねちっこくしゃぶりまわしてきた。

「お、俺……も、もう……」

これ以上つづけられたら発射してしまいそうだ。大吉が訴えると、美鈴はようやくペニスを吐き出した。

「どんどん硬くなってます」

目の前にしゃがみこんだまま、うっとりした様子で語りかけてくる。その間も唾液にまみれた太幹を指でしこしこ擦り立てていた。

「そ、そんなにされたら……」

慌てて彼女の手首をつかんで愛撫を中断させる。もう一刻の猶予もならないほど射精欲がふくれあがっていた。

「わたしも、もう……」

美鈴はその場ですっと立ちあがった。

上半身は裸なので、たっぷりした乳房が揺れている。乳首は勃ったままで、見るからに硬くしこっていた。

自分の手でフレアスカートを脱ぐと、ストッキングに指をかける。くるくる丸めるようにおろして、つま先から抜き取った。これで彼女が身に着けているのは黒いパンティだけになる。その最後の一枚にも指をかけると、美鈴は大吉の目を見つめながらゆっくりおろしはじめた。

「あんまり見ないでください」

そう言いながら躊躇する様子はない。羞恥に顔を赤くしているが、欲望のほうが勝っているのだろう。ついにこんもり盛りあがった恥丘が露わになる。黒々と生い茂った陰毛が、情の深さを表しているようだった。

「おおっ……」

大吉は思わず唸りながら、慌てて服を脱ぎ捨てて裸になる。すると美鈴が目を見つめたままベッドにあがってきた。

5

「わたしが上になってもいいですか?」

美鈴に肩を押されて、大吉はベッドで仰向《あおむ》けになった。

ペニスは隆々と屹立しており、天井に向かって鎌首をもたげている。先端は我慢汁で濡れ光って、エラが左右に張り出していた。

「すごく立派です」

うっとりした様子で囁き、美鈴が股間にまたがってくる。シーツに両膝をついて、自分の股間をいきり勃った陰茎に寄せてきた。

(み、見えた……)

そのとき、紅色の陰唇が剝《む》き出しになった。

彼女が股間を少し突き出す格好になったことで、仰向けになっている大吉の視界に股間が飛びこんできたのだ。二枚のぽってりした花弁は赤く充血して、大量の愛蜜にまみれていた。

（きっと、俺のチ×ポをしゃぶったことで……）

おそらくフェラチオをして興奮したのだろう。いっさい触れていないのに、彼女の割れ目からは果汁がたっぷり流れていたのだ。

「あンっ……」

亀頭が陰唇に触れると、女体がピクッと反応する。美鈴はほんの一瞬、躊躇した様子で動きをとめた。

「一年、喪に服してきたんです。もう、いいですよね」

切なげな瞳で見おろしてくる。

亡き夫のことを完全に忘れたわけではない。だからこそ、この期に及んでためらっているのだろう。

「あの人は亡くなる直前に言ってくれたんです。俺のことは早く忘れて、いい男を見つけるんだぞって」

「でも、美鈴さんは、まだ旦那さんのことを――おううッ」

大吉が最後まで言い終わる前に、彼女は腰を落としこんできた。

「あああッ、お、大きいっ」

亀頭が女陰の狭間《はざま》に沈みこみ、熱い媚肉《びにく》がからみついてくる。膣口《ちつこう》がカリ首を締めつけて、同時に膣襞《ひだ》が亀頭の表面を這いまわった。

「うむッ、こ、これは……」

いきなり快感が突き抜ける。ついにふたりはつながったのだ。久しぶりのセックスだった。

しかも騎乗位でまたがっているのが未亡人だと思うと、なおのこと興奮が大きくなる。たまらず股間を突きあげると、ペニスがさらに女壺の深い場所まではまりこんだ。

「はああッ、も、もっと……あンンっ」

美鈴も腰を落として、長大な陰茎をすべて迎え入れた。亀頭の先端が行きどまりに到達している。ふたりの股間が密着することで一体感が高まった。

「ううッ、す、すごい……」

こらえきれない呻き声が漏れてしまう。

膣壁が絶えず蠢《うごめ》いており、男根を絞りあげてくる。未亡人の熟れた媚肉は、久しぶりのペニスをしっかり咥《くわ》えこんでいた。もう離さないとばかりに肉胴を締めつけて、膣襞が奥へ奥へと引き入れようとする。その結果、亀頭が最深部を圧迫していた。

「あンンっ、と、届く……お、奥に届いてます」

美鈴がかすれた声でつぶやくと、ゆっくり腰を振りはじめる。両手を大吉の腹に置き、陰毛を擦りつけるような前後動だ。密着感はそのままに、ペニスだけがヌプヌプと出入りしていた。

「これ、好きなんです……はあァッ」

「おおッ……おおおッ」

熟れた媚肉で擦られる快感は格別で、我慢汁が次から次へと溢れてしまう。大量の愛蜜とまざり合い、結合部分はまるでお漏らしをしたようにぐっしょり濡れていた。

「あっ……あっ……」

彼女の切れぎれの喘ぎ声が、耳孔《じこう》に流れこんで鼓膜をくすぐる。ペニスに直接受ける刺激と相まって、快感はより深いものに変化した。

「ぬううッ、み、美鈴さんっ」

大吉は両手を伸ばすと、目の前で揺れている乳房を揉みしだきにかかった。柔肉に指をめりこませて、先端で揺れている乳首を摘まみあげれば、彼女の腰の振り方が加速した。

「あンっ……ああンっ」

美鈴は喘ぎながら、大吉の乳首に指を這わせてくる。やさしく転がしては、硬くなったところを摘まみあげてきた。もちろん、その間も腰は振っている。カリが膣壁に引っかかるように、ねちっこく前後に動かしていた。

「な、なかが擦れて、ああぁッ、すごくいいです」

「ううッ、お、俺も……き、気持ちいいです」

ペニスが溶けてしまいそうな快楽だ。いじられている乳首もかつてないほど勃っていた。

「も、もう、うううッ、もうっ」

居ても立ってもいられない。股間をグイグイ突きあげて、男根を女壺にねじこんだ。

「ああッ、は、激しいですっ、あああッ」

美鈴の喘ぎ声が大きくなる。腰を前後に振るのと、大吉がペニスを突きあげる動きが一致して、快感が凄《すさ》まじい嵐となって押し寄せてきた。

「おおおッ、も、もうっ、おおおおッ」

「ああッ……ああッ……も、もうダメですっ」

大吉の呻き声と美鈴の喘ぎ声が重なり、淫らな空気が充満したビジネスホテルの一室に響き渡った。

「くおおッ、も、もう出るっ、出る出るっ、くおおおおおおッ！」

先に達したのは大吉だ。ペニスを根元まで叩《たた》きこむと同時に、雄叫《おたけ》びをあげながらザーメンを放出する。媚肉に包まれた男根が暴れまわって、熱い粘液をドクンッ、ドクンッと噴きあげた。

「ああッ、い、いいっ、熱いのがいっぱいっ」

美鈴もよがり泣きをほとばしらせる。股間をしゃくりあげると、ペニスを思いきり締めつけながら昇りはじめた。

「はあああッ、イ、イクッ、イクイクッ、あぁあああああああッ！」

騎乗位でつながった女体が激しく痙攣《けいれん》する。未亡人が絶頂に達した瞬間だ。下腹部から恥丘にかけてを艶めかしく波打たせて、大量に注ぎこまれたザーメンの熱さを堪能《たんのう》していた。

仰《の》け反《ぞ》って昇りつめた美鈴が、胸板にどっと倒れこんでくる。大吉は両手をひろげて、汗ばんだ女体をしっかり抱きとめた。

部屋は静まり返っているが、まだ男女の淫臭が濃厚に漂っている。そこにふたりの乱れた息遣いだけが響いていた。

第二章　深夜の特別レッスン

1

合宿免許は五日目を迎えていた。

あれから美鈴とはなにもない。学科教習では隣に座ることが多いが、互いにあの夜の話題は避けていた。

あのあとは呼吸が落ち着いてくると、なんとなく気まずくなった。なにしろ学科の復習をするはずが、いきなりセックスしてしまったのだ。大吉のほうから部屋に帰ると言ってすぐに別れた。

ふたりとも激しく燃えあがり、快楽を求めてはしたなく腰を振りまくった。醜態をさらしたことで、思い返すと羞恥がこみあげてしまう。きっと美鈴も同じ気持ちなのだろう。翌朝は目が合うだけでまっ赤になっていた。

一夜限りの関係だった。

もっとセックスしたい気持ちがないと言えば嘘《うそ》になる。でも、恋愛感情がないのにダラダラつづけるのはよくないとも思っていた。

第一段階も終わりに近づいている。明日は修了検定だ。これに合格すれば仮免許が取れて、いよいよ路上教習がはじまる。なんとしても一発で受からなければならなかった。

空き時間があったので、ベンチに腰かけて運転教本をめくっていた。

技能試験だけではなく、仮免許学科試験もあるので、今のうちにしっかり頭に叩《たた》きこんでおくつもりだった。

「あの……」

ふいに声をかけられて顔をあげる。すると、すぐ目の前に南沢佳奈子が立っていた。初日に泣いていて、思わず声をかけてしまった女性だった。

「先日はありがとうございました」

佳奈子がなにかを差し出してきた。

あのとき貸したハンカチだ。しかも、きれいに洗濯してあり、きちんとアイロンまでかけてあった。

「わ、わざわざどうも……」

大吉が恐縮して受け取ると、佳奈子は少し迷ったような素振りを見せた。そして思いきった様子で唇を開いた。

「お隣、よろしいでしょうか」

「はい？」

周囲を見まわすと他にもベンチは空いている。わざわざ隣に座る理由がわからなかった。

「俺の隣……ですか？」

思わず聞き返すと、彼女はこっくりうなずいた。

「はい……あ、お勉強のお邪魔だったらごめんなさい」

「い、いえ、そんなことは……ど、どうぞ座ってください」

せっかく佳奈子から話しかけてくれたのに、驚きのあまりおかしな反応になってしまった。慌てて勧めると、彼女は遠慮がちにうなずいた。

「失礼します」

小声でつぶやき、スカートの裾を気にしながら隣にそっと腰かける。そんな仕草ひとつとっても淑《しと》やかで、ついつい視線が引き寄せられた。

フレアスカートにブラウス、そのうえにカーディガンという、前回会ったときと同じコーディネートだ。清楚《せいそ》な佇《たたず》まいが気になり、ついつい視線が彼女のほうを向いてしまう。すると彼女もなにか言いたげに見つめているので、何回も視線が重なった。

「えっと、俺は——」

間が持たずに大吉のほうから話しかけた。

まずは名前を告げて、簡単な自己紹介をする。緊張のあまり早口になってしまう。それでも四十二歳で独身なこと、仕事の関係で免許を取らなければならないこと、東京から来たことなどを告げた。

「わたしも東京から合宿に来たんです。南沢佳奈子といいます。よろしくお願いします」

佳奈子は三十歳で既婚者だった。夫は同い年で子供はいないという。

人妻だと聞いて一瞬がっかりする。だが、どうせ自分とは縁のない女性だと思い直した。

はじめてあったあの日から、佳奈子のことが気になって仕方なかった。悲しげな表情が頭から離れず、教習所に来るたび姿を捜していた。だが、佳奈子は大吉の一週間前に入校しているため、学科教習の進行が早かった。そのため、時間が合わず、見かけることがなかったのだろう。

「わたし、昔から運動神経が鈍くて、あの日も技能教習で教官に叱られて落ちこんでいたんです」

「そうだったんですね。なにがあったのか、ずっと気になっていました」

ここは昔ながらの教習所なので、教官が教習生に気を使うことなどいっさいない。手こそ出ないが、頭ごなしに叱り飛ばしてくるため、落ちこんでいる教習生を目にする機会は多かった。

「あのままだったら諦めていたかもしれません。でも、吉岡さんにハンカチを貸していただいたおかげで、少し元気が出ました」

「別に俺はなにも……」

照れくさくなって恐縮してしまう。実際、あのときはつい声をかけてしまっただけで、ハンカチを渡してすぐに逃げたのだ。

「本当に助けていただきました。このハンカチをお返しするまではやめられないって思っていたんです」

佳奈子の声は穏やかだった。真剣な表情のなかに恥じらいが感じられて、大吉はますます惹《ひ》きつけられた。

「確かに受け取りました。でも、やめないでくださいね。つらいことがあったら言ってください。俺でよかったら聞きますから」

つい言葉に熱がこもってしまう。彼女を応援したい気持ちが強くて、気づくと懸命に語りかけていた。

「ありがとうございます。なんとか免許は取りたいと思っています。明日、修了検定なんです」

佳奈子の表情は不安げだ。ここまで時間がかかっており、教官にもかなり絞られている。自信をなくすのは当然のことだった。

「俺も明日の修了検定を受けるんですよ」

大吉も自信があるわけではない。若い人たちと比べると、覚えが悪いという自覚はあった。コースでも苦手なところがあり、そこを克服しないと一発で合格するのはむずかしいと教官に言われていた。

「俺も最後まで諦めずにがんばります。だから、いっしょに仮免を取って、路上教習に出ましょう」

「はい、がんばります」

佳奈子が微笑を浮かべて答えてくれる。そんな彼女の言葉に励まされて、大吉も前向きの気持ちになれた。

（それにしても……）

ふと疑問が湧きあがった。

彼女は既婚者なのに、なぜ合宿免許に来ているのだろうか。子供はいないと言っていたので、合宿免許で短期間のうちに取得してしまおうと思ったのだろうか。しかし、なにか不自然な気がしてならなかった。

（あれ？）

そのとき、彼女の左手の薬指にリングが見当たらないことに気がついた。

既婚者が必ず結婚指輪をはめているとは限らない。会社にも仕事中は邪魔だからという理由で指輪をしていない人がいる。でも、その同僚は男なので、まだわかる気がした。

（佳奈子さんは、どうして……）

もしかしたら、ハンドルを握るときに当たって気になるのかもしれない。そうだとすれば、今ははずしていてもおかしくなかった。

やがて教習終了を告げるチャイムが鳴り響いた。

次の時間、大吉は技能教習だ。もう一度、佳奈子と励まし合って別れると、大吉は教習車に乗るため表に出た。

2

大吉はいつものように五号車の運転席に座っていた。

そして教習開始のチャイムが鳴る前に、教官の沙織が姿を見せる。建物から出てくると、こちらに向かってまっすぐ歩いてきた。この日も濃紺のタイトなスーツに身を包んでいる。なにしろスタイルがいいので、ただ歩いているだけでも様になった。

「はじめるわよ」

助手席に乗りこんでくるなり、沙織がクールな声で告げた。

「はい」

大吉は緊張ぎみに返事をすると、手順に沿ってエンジンをかける。そして、ハンドルを握り、教官の指示を待った。

「明日はいよいよ修了検定ね。これが最後の技能教習だから気合いを入れていくわよ。吉岡さんは少し慎重すぎるの。スピードを出すところは出して、抑えるところは抑える、めりはりのある運転を心がけてみて」

「はいっ」

返事だけは元気よくするが、上手《うま》く乗る自信はない。ここまでなんとか延長なしでやってきた。この調子で最後まで行きたいが、不器用な自分がそう簡単に仮免を取得できるとは思えなかった。

「修了検定のコースを走るわよ。スタートして」

沙織の指示で車を走らせる。ギアチェンジをしようとしてシフトレバーをつかむと、沙織が手のひらを重ねてきた。

「そのままつづけて」

「は、はい……」

ギアを二速に入れてみる。彼女の柔らかい手の感触に緊張するが、失敗せずにギアチェンジすることができた。

よくこうやって触られるので、普通に運転するよりもプレッシャーがかかっている。その結果、彼女が触れてこないときは、よりスムーズに運転できるようになっていた。

ギアを三速にあげて外周をゆっくりまわる。これくらいなら大丈夫だが、問題なのは細かい運転技術だった。

「右折して内側のコースに入るわよ。ウインカーを出して」

「はい、右折します」

速度を落としてウインカーを出す。ちょうど対向車が走ってきたため焦ってしまう。それでも、なんとか右折をして外周から内側に入った。

「まずはS字コースね」

沙織の声に従い、S字コースに進入する。脱輪せずにクリアすると、今度はクランクコースに入るよう指示された。

もうまともに返事すらできない。教わったことを思い出しながら、速度を充分落としてクランクに入っていく。

やることはS字とそう変わらないのに、クランクになると焦ってしまう。ハンドル操作が忙しく、どうしても間に合わなくなる。すると、助手席から沙織が手を貸してくれた。

「思いきり切って、はい、すぐに戻して」

温かくて柔らかい手のひらが重なってくる。沙織の言うとおりにすると、スムーズにクランクを抜けることができた。

「速度はもっと落としたほうがいいわ。そうすれば、ハンドル操作に余裕が出るはずよ。わかった？」

沙織が肩にそっと手を置いてくる。耳もとに熱い吐息を感じてドキリとするが、隣を見る余裕はなかった。

「次は方向変換よ」

「は……はい」

じつはこれが一番苦手だった。

バックで狭いくぼみに車を入れて、方向を変えるのだが、やることが多すぎて焦ってしまう。後ろ向きに進むと、どちらにハンドルを切ればいいのかわからなかった。

「慌てちゃダメよ。スピードはいらないから、ゆっくりね」

沙織が声をかけてくれるが、それでも慌ててしまう。すでにハンドルを握る手のひらが汗まみれだった。

方向変換のコースに入り、これからバックで入れるくぼみを左手に見ながら通りすぎていったん車を停《と》めた。ハンドルを右に切ってから、少しだけ前に出て再び停める。今度はハンドルを左に切り、窓を開けて左右を確認してから、ゆっくりバックを開始した。

（このとき、左のポールを巻きこまないように注意して……）

教えてもらったことを心のなかで暗唱しながら、左のサイドミラーに視線を向ける。すると、ポールがすぐそこに迫っていた。

「わっ……」

慌ててハンドルを逆に切るが、もう間に合わない。慌ててブレーキを踏み、車がガクンッと停まった。車体がポールにぶつかり、カラランッといういやな音が響いた。

「まだバックは練習が必要みたいね」

叱られるかと思ったが、沙織の声は穏やかだった。隣を見やると、なぜか彼女の口もとには微《かす》かな笑みが浮かんでいた。

「男はバックが上手くないとモテないわよ」

沙織が言うと、別の意味に聞こえてしまう。

大吉が思わず返答につまると、彼女は助手席で脚を組んだ。すると、ただでさえずりあがっているタイトスカートから、太腿《ふともも》が大胆に露出した。ベージュのストッキングに包まれた太腿が、付け根近くまで剝《む》き出しになった。

（おっ、おおっ！）

思わず目を見開いて凝視する。唸《うな》り声が漏れそうになり、なんとかギリギリのところで吞《の》みこんだ。

「どこ見てるの？」

沙織に指摘されてはっとする。慌てて太腿から視線を引き剝がすと、彼女が切れ長の瞳でにらんでいた。

「す、すみません、つい……」

素直に謝罪すれば、なぜか沙織はふっと笑う。そして、すぐさま表情を引き締めて言葉を継ぎ足した。

「早く方向変換しなさい」

「は、はいっ」

大吉は必死にハンドルを何度も切り、前進や後進をくり返し、やっとのことで方向変換をしてコースに戻った。それから踏切や坂道発進などをなんとかこなして、ようやく発着点に帰ってきた。

「このままだと明日の修了検定は確実に落ちるわね」

沙織にはっきり告げられて目の前が暗くなった。

ポールに当たってしまったのだから不合格なのはわかっていた。しかし、教官の口から聞かされる言葉は重かった。

「今日の段階でこれなら、延長を覚悟してもらうしかないわ」

「そ、そんな……」

絶望的な気持ちになって肩を落とした。

修了検定に落ちたら延長が確定する。そうなったら有給休暇を消化することになり、さらに延長分は自腹を切ることになってしまう。それだけではなく、会社での評価もさがるに違いなかった。

「なんとかならないでしょうか」

「そう言われても、技能教習はこれが最後だから」

沙織が突き放すようにつぶやいた。

「吉岡さんが苦手なのは方向変換ね。それ以外はなんとかなりそうなのに、もったいないわ」

他はなんとかなりそうだと言われると、なおさら諦めがつかない。これまで真面目《まじめ》に教習を受けてきたつもりだが、方向変換のコツだけがどうしてもわからなかった。

「藤島教官、お願いします。なんとか教えてもらえませんか」

懸命に頼みこむと、沙織は顔をゆっくりこちらに向けた。

「じゃあ、特別に補習をしてあげる」

「えっ、いいんですか?」

「その代わり、わたしが個人的に教えるだけよ。内緒にできる?」

なぜか囁《ささや》くような声になっている。しかも内緒と言われて、なにやら秘密めいたものを感じていた。

「ところで、補習というのは……」

そんなシステムがあっただろうか。修了検定を受ける前の補習というのは聞いた覚えがなかった。

「普通は補習なんてないの。教習所には内緒で教えてるのよ」

「そ、それって……」

猛烈にやばい感じがした。

もしバレたら面倒なことになりそうだ。延長どころか免許が取れなくなるのではないか。そう考えると即答できなかった。

「この特訓のおかげで合格した人がたくさんいるのよ。わたしが担当している教習生が延長なしで受かってくれれば、合格率があがって助かるのよね。だから、もう少しで受かりそうな人には無料で教えてるの」

なるほど、彼女には彼女のメリットがあるらしい。そういうことなら、しっかり教えてくれるに違いなかった。

「方向変換のコツを伝授するつもりだったけど、いやなら受けなくてもいいわ」

「う、受けます！」

大吉は慌てて声をあげた。

このチャンスを逃す手はない。過去に成功例がたくさんあるなら、それほど危険なことではないだろう。どうせこのままでは合格できる可能性は低かった。無料なら試してみる価値はある。

「じゃあ、今夜十一時、ホテルに迎えに行くわ」

深夜に人気《ひとけ》のない教習所で特訓するという。ど田舎《いなか》にあるので、それが可能なのだろう。都会の教習所では絶対にできないことだった。

「はい、よろしくお願いします」

あらためて頭をさげると、沙織は口もとに微かな笑みを浮かべた。

きっと自信の表れだろうと思いつつ、なにやら妙に艶《つや》っぽく感じてドキリとする。いずれにせよ、この補習が最後の望みであることに間違いなかった。

3

大吉はビジネスホテルの前に立っていた。

時刻は十時五十五分、日が落ちたことでさらに寒くなった。ブルゾンのチャックを一番上まであげているが、先ほどから膝が小刻みに震えていた。

（ううっ、寒っ……本当に来るのか？）

まだ約束の時間まで五分あるが、待っているうちに不安になってしまう。そもそも深夜に補習をするというのも胡散《うさん》くさい話だった。

（そんな話、聞いたことないぞ）

もしかしたら、からかわれただけだろうか。

ただでさえ大学生が中心の合宿免許で、中年の大吉は目立っている。しかも不器用なので、面倒な教習生と思われているのではないか。

（そうか、自主的に辞めさせるつもりで……）

寒さのせいか、思考がどんどんネガティブなほうに向かってしまう。

ホテルからは駅が近いとはいえ、田舎町であることに変わりはなかった。この時間になると交通量が少なく、ほとんど車は通らない。当然ながら歩行者などいるはずもなかった。

腕時計を見やると、針は今まさに十一時を指すところだ。

沙織は時間にうるさいので、待ち合わせに遅れて来るとは思えない。ということは、やはりからかわれたのではないか。それでも、念のため五分くらいは待つつもりだった。

そのとき、低いエンジン音が聞こえて、眩《まばゆ》いヘッドライトが猛スピードで迫ってきた。

真紅のスカイラインＧＴ－Ｒが大吉の目の前で停まった。まさかと思いながら運転席をのぞきこむと、やはり沙織が座っていた。服装はいつもよりさらにタイトなスーツだ。見事なボディラインが強調されており、白いブラウスを突き破る勢いで乳房が盛りあがっていた。

「早く乗りなさい」

窓が開いて沙織が声をかけてくる。秘密の補習なので、人に見られるのはまずいのだろう。大吉が助手席に乗りこんでシートベルトを締めるなり、GT－Rはタイヤを軽く鳴らしながら発車した。

「じ、時間ぴったりですね」

急加速で体がシートに押しつけられる。大吉は思わず頬をひきつらせながら話しかけた。

「来ないと思ったのね」

沙織は決めつけたような言い方をする。実際そうなのだが、本当のことを言えるはずがなかった。大吉が黙りこむと、沙織は「ふふっ」と笑ってアクセルを踏みこんだ。

「うおっ！」

再び車が加速して、反射的に全身を硬直させる。恐怖さえ感じる速度だが、沙織は完璧なドライビングテクニックで車体をコントロールしていた。

「時間がないから急ぐわよ」

歌でも口ずさみそうな言い方だった。

真紅のGT－Rはそのスピードを保ったまま、あっという間に教習所に到着した。この時間は誰もいないので明かりはついていない。周囲にはなにもないので、頼りになるのは街路灯のわずかな光だけだった。

「さっそくはじめるわよ」

沙織が車から降りたので、大吉も慌てて追いかけた。

合鍵で教習車のドアを開けると、沙織は助手席に乗りこんだ。大吉は急いで乗車前点検をしてから運転席に座ってシートベルトを締めた。

「よ、よろしくお願いします」

緊張ぎみに挨拶する。とにかく、この補習にすべてがかかっていると言っても過言ではなかった。

「少し暗いけどがまんして。これはこれで練習になるから」

「はい……」

返事をしながら、思わず街路灯のわずかな光に照らされた沙織の身体《からだ》に視線を奪われた。

ブラウスを張りつめさせている大きな双《ふた》つの乳房が、ジャケットの襟を左右に押し開いている。いつもよりもさらにタイトなスーツなので、女体の曲線がはっきり浮かんでいた。

（す、すごいな……）

しかもスカートの丈が極端に短く、黒いストッキングに包まれた太腿が思いきり露出している。大吉は本来の目的を忘れて、美人教官の艶《なま》めかしい姿に見入っていた。

「方向変換を集中的に練習しましょう。車を出して」

沙織の声ではっと我に返った。

大吉は慌ててエンジンをかけると、ライトを点《つ》けてアクセルを踏みこんだ。まずは外周を走り、途中から内側のコースに入っていく。夕方の教習でもライトを点けるが、なにしろ暗いので感覚がいつもと異なっていた。

「暗いと走りづらいですね」

「周囲により注意を払う必要があるわね。でも、ポイントさえ押さえておけば大丈夫、やることは昼間と同じよ」

つい先ほど沙織の運転テクニックを体験した直後なので、より説得力が感じられる。彼女の言うとおりにしておけば、なんとかなるような気がしてくるから不思議だった。

「教官についていきます」

方向変換のコースに車を入れながら、熱のこもった声で語りかける。こうなったら彼女に賭けるしかなかった。

「ふふっ、おおげさね。でも、最後までわたしを信用してくれれば合格させてあげる」

沙織の言葉には自信が満ち溢《あふ》れている。確かに彼女の運転技術は目を見張るものがあるし、教え方も上手かった。

「じゃあ、方向変換をはじめるわよ。コツを教えるからしっかり覚えてね。言われたとおりにやれば絶対に上手くいくから。まずはスピードを落として、角のポールを見ながらゆっくり進んで」

「は、はい……」

「この窓枠とポールが重なったら車を停めて」

沙織が助手席の窓と後部座席の窓の間のピラーを指差した。

「重なりました」

ブレーキを踏んで車を停める。すると、ハンドルを右にいっぱいまで切るように指示された。

「そうしたら、ゆっくり前進して」

言われるまま低速で前に出る。そして、頭がコースの端に到達したところで再び車を停めた。

「今度はハンドルを左までいっぱいに切って」

「切りました」

「窓を開けて後方の安全確認をしてから、バックするわよ」

「はい」

左手を助手席のヘッドレストにまわして、背後をしっかり目視する。必然的に沙織の顔が近くなるが、意識して見ないようにした。視線が合ったりしたら、集中力を削《そ》がれるのは間違いなかった。

周囲が暗くて見づらいが、それでも懸命に目を凝らして確認する。半クラにして車をじわじわとバックさせた。

「その調子よ。もっとゆっくりでもいいわ。車体の左後ろが、角のポールに当たらないように気をつけて」

「わっ、ぶつかる」

「焦らないで。ハンドルで微調整すればいいから」

言われたとおりに調整して、やがて車体とポールの列が並行になる。そこでハンドルをまっすぐに戻した。あとはゆっくりバックするだけだった。

「で、できた……できました」

まだまだぎこちないが、なんとか狭いくぼみに車をバックで入れることに成功した。

「いい感じよ。やればできるじゃない」

沙織が褒めてくれるから、ますますテンションがあがっていく。街路灯のわずかな光のなかに、彼女の微笑が浮かんでいた。

「今の感覚を忘れないうちに、もう一度練習しましょう。いったん車を出してから戻ってきて」

「はいっ」

うれしさのあまり返事が大きくなる。大吉は近くをまわって戻ってくると、再び方向変換に挑戦した。

先ほど言われたことをひとつひとつ思い出し、車を慎重にバックさせる。沙織は黙ってチェックしていた。車は少し斜めになったが、それでもポールにぶつかることはなかった。

「いいわね、その調子よ。次はまっすぐバックすることを意識してみて」

「はい、やってみます」

だいぶ感覚がつかめてきた気がする。忘れないうちに、しっかり自分のものにしたかった。

その後、大吉はくり返し方向変換の練習に励んだ。ときどき沙織がアドバイスしてくれる。そのたびに完成度はあがり、後半は車をまっすぐバックさせることができるようになっていた。

練習に集中するあまり、いつしか時間の感覚がなくなっている。気づくと時刻は午前零時をまわっていた。

「上達したわね。もうこれなら大丈夫よ」

沙織はそう言ってくれるが、大吉はまだ心配だった。明日の修了検定は一発勝負だ。間違いなく緊張するので、もっと完成度を高めたかった。

「もう一度お願いします」

車を出そうとしてシフトレバーをつかむと、そこに沙織の手のひらが重なってきた。

「わたしのことは信じなくてもいいわ。でも、練習はウソをつかない。自分を信じなさい」

「でも……」

「焦ってはダメ、少し休憩しましょう」

囁くような声だった。

思わず助手席を見やると、沙織がこちらをじっと見つめていた。街路灯の明かりが、彼女の端整な顔をぼんやり照らしている。なぜか瞳がねっとり潤んでおり、意味深な光を放っていた。

「ギアをニュートラルにしたら、サイドブレーキを引いて」

「は……はい」

言われたとおりにすると、沙織がシートベルトをはずして脚を組んだ。

4

（おおっ！）

その瞬間、大吉は危うく大きな声をあげそうになった。

脚を組んだことでタイトスカートがずりあがり、太腿の露出が激しくなっている。その結果、黒いストッキングの根元が剝き出しになっていた。

（こ、これって……）

大吉は思わず目を見開いて凝視してしまう。

なにしろ、タイトスカートの裾から黒のガーターベルトが見えているのだ。太腿を覆っているのはセパレートタイプのストッキングで、細いベルトによって吊られていた。

黒いストッキングのつけ根から生の太腿がのぞいている。あたりが薄暗いので肌の白さが際立っていた。しかも、黒いレースのパンティまでチラリと見えているのだ。

（ど、どうして、こんな格好を……）

彼女の顔をうかがい見ると、唇の端に微かな笑みを浮かべていた。

どうやら、わざと見せているらしい。いったいなにを考えているのだろう。ふたりきりの状況で、あまりにも危険すぎる。大吉が欲情して襲いかかってくる可能性もあるのだ。

「人を見る目はあるつもりよ。もう何百人も教えてきたんだもの。危ない男だと判断したら補習なんてしないわ」

沙織はまるで大吉の内心を見抜いたようにつぶやいた。

「吉岡さんもシートベルトをはずして、リラックスしたらいいわ」

完全に彼女のペースになっている。いや、補習をしてもらっている時点で、最初から教官の言いなりだった。大吉は緊張で震える指で、なんとかシートベルトをはずした。

「あら、ここはリラックスしてないわね」

ふいに沙織が手を伸ばしてくる。チノパンの上から股間に触れて、なかで硬くなっているペニスをやんわりと握りしめた。

「ううッ……」

突然のことに困惑して対処できない。ガーターベルトを見たことで勃起していた。反射的に両脚が突っ張り、思わずアクセルを踏んでしまった。

エンジンがブウンッと唸り、慌てて足を離した。ギアはニュートラルなので問題ないが、大きな音に慌ててしまう。すると、沙織はチノパンの股間を握ったまままクスリと笑った。

「ほら、気をつけないと」

「す、すみません……」

震える声で謝罪するが、彼女は股間から手を離そうとしない。堂々と触ってくるので、なおさらどうすればいいのかわからなかった。

するると沙織は布地ごしに太幹をしごきはじめる。軽く撫《な》でているだけだが、あまりにも予想外の出来事だ。突然の快楽に為《な》す術《すべ》もなく、大吉は情けない呻《うめ》き声を漏らしていた。

「くううッ……ちょ、ちょっと……」

「吉岡さんのシフトレバー、こんなに硬くなってるわよ」

沙織は楽しげにつぶやいてペニスをしごきつづける。大吉は両手でシートの縁を強くつかみ、ただ全身を突っ張らせていた。

「うッ……ううッ……」

「わたしの脚を見て、硬くしてくれたんでしょう？」

「そ、それは……うむッ」

もうまともに受け答えする余裕もない。すると沙織はベルトを緩めて、チノパンのボタンをはずしてファスナーを引きさげた。

「な、なにを？」

「吉岡さんのシフトレバー、生で見せてくれるかしら」

沙織はチノパンの前を開くと、ボクサーブリーフをまくりおろしてしまう。そのとたん、硬直した男根が鎌首を振ってブルンッと跳ねあがった。

「わっ……」

焦って周囲を見まわすが、フロントガラスの向こうには教習所の練習コースが広がっているだけだ。横の窓から道路が見えるが、街路灯が光っているだけで歩行者はもちろん車も走っていなかった。

「ああっ、やっぱりすごいわ」

勃起したペニスを目にして、沙織がため息まじりにつぶやいた。

「ふ、藤島教官……」

「そんな呼び方いやよ。今はプライベートなんだから」

急に甘えたような声で言われてドキリとする。厳しくもやさしい教官だが、こんな女っぽい声は聞いたことがない。ますます彼女の考えていることがわからなかった。

「な、なんとお呼びすれば……ううッ」

大吉が話しているそばから太幹を握られてしまう。美人教官の白くてほっそりした指が、黒くて野太いペニスにしっかり巻きついていた。

「沙織って呼んで」

そう言われても、いきなり名前で呼ぶのは気が引ける。いくらプライベートとはいえ、彼女が教官であることに変わりはなかった。

「さ……沙織教官」

遠慮がちに呼んでみる。すると、肉竿《にくざお》に巻きついている指にキュッと力がこめられた。

「ううッ……」

「ああンっ、吉岡さん」

なにやら腰をくねらせて、沙織が熱い眼差《まなざ》しを送ってくる。そして太幹をゆるゆるとしごきはじめた。

「ちょっ……くううッ」

チノパンごしとは快感の大きさがまるで違う。先端からカウパー汁がどっと溢れて、竿をトロトロと伝い落ちていく。狭い車内に牡《おす》の匂いがひろがり、淫靡《いんび》な空気が漂いはじめた。

「ああっ、男の人の匂いがするわ」

沙織がうっとりした様子でつぶやき、深呼吸をくり返す。我慢汁が指を濡《ぬ》らしてしまうが、それでも構うことなくしごきつづけている。滑りがよくなり、愉悦がさらに大きくふくれあがった。

「こ、こんなこと、教官が……」

「がんばって練習したご褒美よ。吉岡さんが合格してくれれば、わたしだって合格率があがって助かるんだもの。明日は合格してくれるんでしょう？」

手首をねちっこく返しながら囁きかけてくる。ペニスが擦《こす》りあげられて、大吉はたまらず何度もうなずいた。

「は、はい……が、がんばります、がんばって合格しますっ」

「ふふっ、それなら、もっといいことしてあげる」

助手席に座っている沙織が、大吉の股間に顔を寄せてくる。彼女の吐息を亀頭に感じて、期待に胸が高鳴った。そして次の瞬間、ペニスの先端が熱い粘膜に包みこまれた。

「ぬううッ……」

柔らかいものがカリ首にからみついてくる。陰になって見えないが、これは唇の感触に間違いない。沙織がペニスを口に含んでいるのだ。

「あふっ……はむンンっ」

そのまま唇が滑り、太幹をゆっくり呑みこんでいく。やがて彼女は長大な肉柱をすべて口内に収めて、陰毛のなかに顔を埋《うず》めた。

「ま、まさか、藤島教官が……沙織教官が……くううッ」

己の股間を見おろして、大吉は信じられない思いで唸った。

普段から妙に色っぽいところはあったが、まさかフェラチオされるとは思いもしない。しかも教習車のなかでペニスをぱっくり咥《くわ》えこんでいるのだ。沙織が人妻だということを考えると、ますます気持ちが昂《たか》ぶった。

「吉岡さんの、すごく大きい……ンンっ」

沙織がくぐもった声でつぶやき、ゆったり首を振りはじめた。

柔らかい唇が太幹の表面を這《は》いまわる。ねちっこく擦りあげられて、腰がガクガク震えるほどの快感がひろがった。

「ううッ、き、気持ちいい」

抑えきれない声が漏れてしまう。まだ咥えられたばかりなのに、早くも先走り液がどんどん溢れていた。

「はむっ……あふっ……むふンっ」

沙織は微かな呻き声とともに、顔を上下に振っている。両手は肉柱の根元に置いて、美味《おい》しいものでも味わうようにしゃぶっていた。

唇で太幹をしごくだけではなく、舌も使って甘い刺激を送りこんでくる。口のなかで裏筋をツーッと舐《な》めあげては、カリの裏側にまで舌先を這わせてきた。さらには尿道口をくすぐり、射精欲を煽《あお》り立ててくるのだ。

「ううぅッ、さ、沙織教官っ」

このままだとあっという間に射精してしまう。しかし、教官を押しのけるわけにもいかず、大吉は運転席で悶《もだ》えつづけるしかない。夜中の教習所でフェラチオされて、大量のカウパー汁を垂れ流していた。

「ンくっ……ンっ……ンっ……」

沙織はペニスを咥えたまま、口内にたまった先走り液を嚥下《えんげ》する。そして、再び首を振りはじめた。

徐々に口唇愛撫《あいぶ》のスピードがあがり、テンポよく肉竿を擦りあげてくる。クチュッ、ニチュッという湿った音が狭い車内に響き渡り、聴覚的にも気分が盛りあがった。

「き、気持ちっ……うぐぐッ」

快感の波が次から次へと押し寄せてくる。大吉は奥歯を食い縛って射精欲をこらえるが、もう暴発寸前まで追いこまれていた。

そんな大吉の状況を見抜いているのか、沙織の首振りが加速する。湿った音を響かせながら唇を滑らせて、同時に舌で亀頭をねぶりまわす。さらには男根を吸いあげることで射精欲が煽られた。

「はふッ……あむッ……はふうッ」

「おおおッ、も、もうっ、もうダメですっ」

これ以上されたらペニスが溶けてしまいそうだ。懸命に訴えるが、沙織はやめるどころか猛烈に吸茎した。

「もっと気持ちよくなっていいのよ……あむううッ」

「ま、待って、待ってくださいっ」

大吉が訴えるほど、愛撫に熱がこもっていく。沙織は亀頭を喉の奥まで迎え入れて、思いきり吸いあげてきた。

「おおおッ……おおおおッ」

凄《すさ》まじい快感の嵐が吹き荒れて、たまらず尻がドライバーズシートから浮きあがった。

「さ、沙織教官っ……き、気持ちいいっ」

この快楽に耐えられるはずがない。大吉は教官の頭を抱えこみ、ついに欲望を爆発させた。

「で、出る、出ちゃいますっ、おおおッ、ぬおおおおおおおおッ！」

射精している間も吸引されることで、ザーメンが猛烈なスピードで尿道を駆け抜ける。これまで経験したことのない快感だ。瞬間的に脳髄が沸騰して、全身の産毛が逆立った。

「あううッ……ンっ……ンンっ」

沙織はすべてを喉の奥で受けとめると、躊躇《ちゅうちょ》することなく濃厚な精液を嚥下する。さらには根元を唇で締めつけて、尿道に残っている分まで絞り出すように首を振った。

「おうッ……おううッ」

頭のなかがまっ白になり、もう大吉は唸ることしかできない。まるで魂まで吸い取られるような快感だった。

「むふンっ……」

念入りなお掃除フェラをしてから、沙織はようやくペニスを吐き出した。

上半身を起こすと、濡れた瞳で見つめてくる。街路灯の明かりに照らされた顔は紅潮して、いつにも増して艶めいていた。

「すごく濃かったわ。吉岡さんの……」

唇の端を指先でそっと拭う仕草にゾクリとする。

美人教官はドライビングテクニックだけではなく、フェラチオのテクニックも極上だった。

5

(これが、ご褒美……)

大吉は運転席で脱力して、絶頂の余韻に浸っていた。

なにが起こったのかよくわからない。フェラチオされて射精したのは間違いないが、どうして彼女がこんなことをするのか理解できなかった。

快楽で呆《ほう》けた頭で考える。

合格率があがれば助かると言っていた。成績が給与か賞与に反映されるのかもしれない。しかし、まだ大吉は修了検定に受かったわけではなかった。彼女の目から見て、合格できると判断したのだろうか。

そのとき、ふと思った。

沙織がコツを伝授してくれたおかげで方向変換をマスターできた。しかし、技能教習のときに教えてくれていたら、わざわざ深夜の補習を受ける必要はなかったのではないか。

（どうして、もっと早く教えてくれなかったんだ？）

そんなことをぼんやり考えていた。

ふいに衣擦《きぬず》れの音が聞こえて助手席に視線を向ける。すると、なぜか沙織がスーツを脱いでいるところだった。

「きょ、教官、なにを……」

大吉の声を無視して、彼女はブラウスを肩から抜いてしまう。

すると、黒いレースのブラジャーが露《あら》わになった。白くてたっぷりした乳房を覆い、そっと中央に寄せていた。思わず深い谷間に視線を奪われると、沙織はさらにタイトスカートもおろして抜き取った。

「なっ……」

大吉は思わず生唾を飲みこんだ。

沙織の下半身は、黒いガーターベルトとセパレートタイプのストッキングで彩られていた。レースのパンティは面積が小さいセクシーなデザインで、かろうじて恥丘を覆っているだけだった。

乳房と尻は大きいのに腰は思いきりくびれている。抜群のプロポーションに黒いガーターのセットがよく似合っていた。

「これもご褒美よ。しっかり見て……」

沙織が恥じらいの笑みを浮かべながら囁きかけてくる。助手席に背中を預けて、内腿をもじもじと擦り合わせていた。

「で、でも、まだ受かったわけじゃ……」

「吉岡さんなら、明日の修了検定に合格できるわ」

教官の勘だろうか。沙織は自信満々に言いきった。

「だからって――」

「夫が単身赴任してるの」

沙織は大吉の声を遮って語りはじめた。

夫はやり手の商社マンだという。仕事が忙しくて、だいぶ前から夜の夫婦生活がご無沙汰になっていた。しかも一昨年の春から単身赴任になり、いよいよ沙織の欲望はたまる一方だった。

「優秀なのはいいけど、もう少し妻の相手もしてほしいわ。うちの人、もともと夜の生活が淡泊なのよね」

めずらしく愚痴っぽい口調になっていた。

単身赴任前からセックスレス状態で、毎晩、淋《さび》しい思いをしていたようだ。そのうえ、今は盆と正月くらいしか会えないという。そのときセックスをしたとしても、女盛りの彼女が年二回で満足できるはずがなかった。

「だから、気に入った生徒を見つけたら、こうして深夜レッスンをしているの」

「い、いくら旦那さんがいないからって……」

「ふふっ……あの人が単身赴任する前からよ」

驚きの告白だった。

信じられないことだが、実際にこうして大吉も体験している真っ最中だ。欲求不満の人妻教官が男漁《あさ》りをしているのは紛れもない事実だった。

「誰でもいいわけじゃないのよ。ちゃんと修了検定に合格できそうで、秘密を守ってくれること。それにわたしを満足させる体力があること」

そう言われてピンと来た。

——お仕事がら、体力もありそうだから期待できるわね。

一回目の技能教習のとき、沙織は確かそう言っていた。あの時点で、早くも大吉に目をつけていたのだ。

「まさか、そんな……」

絶句してしまうが、彼女の色っぽい下着姿を目にしてペニスは再び勃起している。射精したばかりなのに、大きく弓なりに反り返っていた。

「ほら、もう元気になってるわ」

沙織はうれしそうに微笑《ほほえ》んだ。

夫とセックスレスになってから、男を見る目が磨かれたという。牝《めす》が強い牡を求めるのは自然の摂理だ。枯渇状態になったことで、野生の本能が目覚めたのかもしれなかった。

「童貞を卒業させてあげた教習生もいるのよ。その男の子は大学生だったの。夢中になって腰を振って、かわいかったわ」

当時を思い出したのだろう、沙織は遠い目をしてうっとりつぶやいた。

なんと筆おろしをした過去もあるという。とにかく、彼女は精力の強い男を求めているらしい。

（つまり体だけの関係ってことか……）

大吉は胸のうちでつぶやいた。

どうして自分のような中年に興味があるのか不思議だった。精力が強い自覚はなかったが、そういうことなら納得だ。彼女がそのつもりなら、遠慮することはないのかもしれない。

「最後におまじないよ。これで、みんな合格してるの」

沙織はまっすぐ大吉の目を見つめながらつぶやき、両手をそっと背後にまわしていく。そして、ブラジャーのホックをはずすと、乳房の弾力によりカップが跳ねあがった。

（す、すごい……）

大吉は思わず前のめりになり、剝き出しになった乳房を凝視した。

たっぷりした柔肉は下膨れした釣鐘形《つりがねがた》で、いかにも重たそうに揺れている。街路灯の明かりが、鮮やかな紅色の乳首を照らしていた。美鈴よりもさらにひとまわり大きな乳房だった。

「見てるだけでいいの？」

沙織はブラジャーを完全に取り去ると、大吉の手をつかんで自分の胸へと引き寄せた。そして、乳房のふくらみにそっと重ねて、好きにしていいとばかりに微笑んだ。

「きょ……教官っ」

ここまでされて揉《も》まないという選択肢はない。大吉は迷うことなく指を曲げて、柔肉にゆっくりめりこませた。

「おおっ」

蕩《とろ》けるような柔らかさに、思わず感嘆の声が溢れ出す。もう片方の手も伸ばして、双つのふくらみをゆったり揉みあげた。

「あンっ……おっぱいが好きなの？」

沙織が微かに息を乱しながら語りかけてくる。大吉は異常な興奮を覚えて、何度もうなずいた。

乳首をそっとつまんでみると、女体が敏感にピクッと反応する。きっと彼女も興奮しているのだろう。微笑を湛《たた》えたままだが、乳首はあっという間にふくらんで硬くなった。

（もうこんなに……）

彼女が感じてくれるから、大吉のペニスもますます硬直する。射精した直後とは思えないほど反り返り、先端からは新たな先走り液が溢れていた。

「はンっ、乳首ばっかり……」

沙織が喘《あえ》ぎまじりにつぶやき、甘くにらみつけてくる。目もとが赤く染まっているのは、気持ちが高揚している証拠だろう。乳輪までぷっくり隆起して、乳首はピンピンにとがり勃《た》っていた。

「ここが感じるんですね」

「ああンっ、もうダメよ」

沙織は身をよじって大吉の手から逃れると、パンティに指をかけておろしはじめる。すぐに白い恥丘と逆三角形に手入れされた陰毛が見えてきた。パンプスを脱いで、パンティを左右のつま先から交互に抜き取った。

これで沙織が身に着けているのは、黒のガーターベルトとセパレートタイプのストッキングだけだ。セクシーな下着に彩られた女体は、凄まじい破壊力をともなって視界に飛びこんできた。

（なんて身体だ……）

日本人離れした抜群のプロポーションだ。教習所の教官をやっているのが不思議に思えるほどで、大吉は瞬《まばた》きするのも忘れて見入っていた。

「吉岡さんも脱いで。人なんていないから大丈夫よ」

沙織は甘えるように囁き、助手席のシートを後ろまでスライドさせる。背もたれもすべて倒すと、後ろ向きになって這いあがった。

座面に両膝を乗せて、後部座席の背もたれにつかまり、むっちりした尻を突き出している。獣のような四つん這いの格好だ。それはバックからの挿入を求めるポーズに間違いなかった。

（まさか、あの沙織教官が……）

ときに厳しい指導をする教官が、はしたない格好で誘っている。もし教習生たちが見たら腰を抜かすような光景だった。

とにかく沙織は逞《たくま》しいペニスを求めている。わざわざガーターベルトを身に着けて、四つん這いで双臀《そうでん》を掲げているのだ。のぞきこんでみると、臀裂の狭間《はざま》に赤黒い陰唇が息づいていた。

かろうじて届く街路灯の光を受けて、女陰が艶めかしくヌメっている。濡れているのは間違いない。熟れた女の欲望を目の当たりにして、大吉の欲望は一気に燃えあがった。

（ようし、こうなったら……）

大吉は慌てて服を脱ぎ捨てた。

裸になると、すかさず助手席に移動する。狭い車内で動くのは大変だが、なんとか沙織の真後ろに陣取った。天井が低いため、体を起こすことはできない。膝をシートの縁に押し当てて中腰になり、彼女の背中に覆いかぶさった状態になっていた。

「さ……沙織教官」

黒髪から甘いシャンプーの香りが漂ってくる。滑らかな背中に触れただけでも気持ちが高揚した。

「吉岡さん……来て」

沙織が振り返り、濡れた瞳で誘ってくる。もう待ちきれないのか、唇が半開きになって呼吸がハアハアと乱れていた。

「い、挿《い》れますよ」

屹立《きつりつ》した男根は、柔らかい尻たぶに触れている。狭くて目視することはできないが、なんとか位置をずらして亀頭を臀裂に潜りこませた。

「あっ……」

沙織の唇から小さな声が漏れて、股間からクチュッという湿った音が響き渡った。どうやらペニスの先端が陰唇に触れたらしい。彼女の割れ目は大量の愛蜜で濡れそぼり、受け入れ態勢を整えていた。

腰を軽く進めただけで、亀頭が陰唇の狭間に沈みこんでいく。大吉はほとんど力を入れていない。蕩けた二枚の花弁とともに、ペニスの先端が膣口《ちつこう》にヌプリッと埋没した。

「ああッ、は、入ってきたわ」

沙織がうわずった声を漏らして、尻をわずかに突き出してくる。その結果、亀頭がほんの少し前進した。

「ううッ、す、すごく熱いです」

蜜壺はまるで溶鉱炉《ようこうろ》のように熱く、いきなりペニスにからみついてくる。まるで意志を持った生物のように蠢《うごめ》き、亀頭の表面を這いまわり、カリの裏側にも入りこんできた。

「あンンっ、も、もっと……」

さらなる挿入を望み、沙織が潤んだ瞳で振り返る。焦《じ》れているのか、腰を軽く反らした艶めかしいポーズになっていた。

「くッ……ううッ」

大吉は腰をじわじわ進めて、ついに長大なペニスを根元まで押しこんだ。

「あううッ、ふ、深いっ」

亀頭が深い場所まで到達すると、女体が凍えたように痙攣《けいれん》する。無数の濡れ襞《ひだ》が太幹にからみつき、膣口が収縮して根元を食いしめた。

「き、きつい……うむッ」

まだ挿入しただけだが、異常な興奮が全身にひろがっている。

車のなかでセックスするというシチュエーションが、かつてない高揚感を生み出していた。まさか車の免許を取りに来て、カーセックスを経験することになるとは思いもしない。しかも相手が教官というのも驚きだった。

「んッ……んッ……」

大吉は慎重に腰を振りはじめた。

欲望にまかせて思いきり腰を振りたいところだが、狭い車内では激しく動くことができない。前かがみの姿勢を変えられず、どうしても動きが制限されてしまう。結果としてペニスを出し入れする幅が狭くなり、強い刺激を生み出せなくなっていた。

「あンっ……ああンっ」

沙織ももどかしげな声で喘いでいる。微妙な快感しか得られず、腰を右に左によじらせていた。

「じれったいでしょう。でも、これがたまらないの」

どうやら、この状況を楽しんでいるらしい。沙織は尻たぶに力をこめると、意識的に男根を締めつけてきた。

「くううッ」

焦燥感をともなう愉悦が、股間から波紋のように広がっていく。しかし、これだけでは達することができない。大吉は少しでも大きな快感を得ようと、ペニスを根元まで押しこんで腰をねちっこく回転させた。

「あああッ、い、いいっ」

沙織の喘ぎ声が艶めいてくる。シートに爪を立てて、背筋をググッと大きく反らした。

「ま、また締まってきた……うむッ」

思わず唸りながら、亀頭を膣道の最深部に押しつける。その状態で腰をまわせば、奥から新たな愛蜜が染み出してきた。

「あッ……あッ……」

女壺全体がうねって、ペニスをさらに奥へ引きこもうとする。自然と亀頭で子宮口を圧迫することになり、女体にぶるるっと震えが走り抜けた。

「あううッ、お、奥、すごいわ」

「お、俺も……ううッ」

大吉も快楽の呻き声をこらえきれない。引きこむ膣道の動きに逆らい、腰を小刻みに振りはじめた。

「ああッ、す、すごいわ、あああッ」

やはり激しく動くことはできないが、カリで膣壁を擦りあげては、亀頭で子宮口を小突きまわす。そして、不意を突くように腰を回転させて、蜜壺をねちっこく掻《か》きまぜた。

「お、奥まで届いてるの……はあああッ」

沙織が歓喜の涙を滲《にじ》ませた瞳で振り返る。そうしている間もピストンはつづいており、膣が男根をしっかり食いしめていた。

「こんなにバックが上手だったなんて……」

「バックなら、教官にたっぷり教えてもらいましたから」

大吉はすかさず答えると、腰の動きをできる限り速くする。しかし、力むと上半身が起きあがり、頭が車の天井に当たってしまう。それならばと彼女の背中に密着して、両手で乳房を揉みしだきにかかった。

「ああッ、いいっ、あああッ」

硬くなった乳首を指の間に挟みこんで同時に刺激すれば、沙織の反応がいっそう大きくなる。甘い喘ぎ声を振りまき、ガーターベルトが巻きついた腰をくねくねとよじりはじめた。

「ううぅッ、き、気持ちいいっ」

大吉も快楽を訴えながらペニスを抜き差しする。亀頭を子宮口にぶつけるときは、とくに意識して力をこめた。

「あううッ、そ、それ、すごくいいわ」

沙織は奥を突かれるのが好きらしい。ペニスをしっかり咥えこみ、女体を震わせながら喘ぎまくった。

「こ、こうですか……ふンッ、ふンッ」

狭い車内で懸命に腰を振る。叩きつけるたび、彼女のヒップがパンッ、パンッと肉打ちの音を響かせた。

ピストンするたび車体が揺れて、サスペンションがギシギシ鳴った。淫らなことをしている気分が盛りあがり、ますます快感が大きくなる。いつしか遠くに絶頂の大波が見えて、轟音《ごうおん》とともに迫ってきた。

「はああッ、いいっ、いいっ」

沙織が手放しで喘いでいる。乳首を強めに刺激すれば、反射的に女壺が思いきり収縮した。

「くううッ、お、俺、もうダメですっ」

「わ、わたしも、あああッ、わたしももうすぐ……」

大吉が切羽つまった声で告げれば、沙織も絶頂が近いことを訴える。ふたりが昇りつめるのは、もはや時間の問題だった。

「おおおッ、で、出そうだ、くううッ」

なんとか踏ん張ろうとするが、快感が大きすぎて耐えられない。押し寄せてきた絶頂の大波に呑みこまれて、全身が揉みくちゃになった。

「ぬうううッ、もう、もうダメですっ、出るっ、出る出るうううッ！」

腰をねちっこく振りながらザーメンを放出する。太幹がドクドクと脈打ち、先端から大量の粘液がほとばしった。射精しているのに腰を振り、蜜壺のなかを滅茶苦茶に掻きまわした。

「あうううッ、い、いいっ、はあああッ、イクッ、イクうううッ！」

沙織も自ら尻を押しつけて、教習車のなかでよがり泣きを響かせる。媚肉《びにく》で男根を締めあげながら、背中を思いきり反らしていった。

絶頂に達しても、ふたりは腰を振りつづけている。結合部からは湿った音がいつまでも聞こえていた。

人妻の教官とバックでつながり、たっぷり欲望を注ぎこんだ。

極上の快楽だったが、常に背徳感が刺激されていた。いや、背徳感があるからこそ、快楽は大きくなったのかもしれなかった。

(最高だ……こんなことを経験できるなんて……)

大吉は呆《ほう》けながら女体をしっかり抱きしめた。

二度目の射精で、さすがにペニスは萎《しぼ》みはじめている。それでも、まだ女壺の余韻を味わっていたかった。

「すごくよかったわ……これで明日は合格よ」

沙織がかすれた声でつぶやいた。

彼女も絶頂を嚙《か》みしめているのだろう。結合を解こうとする素振りは見られなかった。

ふたりはカーセックスでほぼ同時に昇りつめた。

　車内には男と女の汗の匂いだけではなく、精液と愛蜜がミックスされた濃厚な香りが漂っている。嗅ぐだけで頭の芯が痺《しび》れて発情してしまう。それほど強烈な芳香が教習車のなかに漂っていた。

第三章　人妻仮免中

1

翌朝、ついに修了検定当日を迎えた。

まずは技能試験、そのあと学科試験を受けなければならない。この修了検定に合格すれば、晴れて仮免許が取得できる。そうすれば第二段階に進んで、いよいよ路上教習だ。

先ほど教室で修了検定の説明を受けて、もうすぐ技能試験がはじまろうとしている。試験を受ける教習生たちはロビーで指示を待っていた。誰もが緊張しており空気が重かった。

もちろん大吉も緊張している。だが、今は自分のことより佳奈子のことが気になっていた。

(どこにいるんだ?)

説明のときから捜しているが、まだ姿を見かけていなかった。

彼女も今日、修了検定を受けると言っていた。いっしょにがんばろうと約束したのに、いったいどこに行ってしまったのだろう。

(佳奈子さん、どうしちゃったんだ)

自信がなくてホテルで震えているのではないか。はじめて会ったときの涙を思い返すと、ありそうな気がしてきた。

(あっ、もしかしたら……)

ふと思いついて、大吉はごった返すロビーを横切った。

目指しているのはトイレの前にあるベンチだ。そこは大吉と佳奈子がはじめて会った場所だった。ただの勘でしかないが、あそこにポツンと座っている彼女の姿が脳裏に浮かんだ。

「か……佳奈子さん」

ようやくベンチが見えたとき、そこにはやはり佳奈子が座っていた。

グレーのプリーツスカートに黒いセーターという地味な服装だ。なにやら自信なさげな様子でうつむいている。試験はこれからだというのに、すでに落ちたような顔をしていた。

「吉岡さん……」

佳奈子も気づいてくれる。だが、見つめてくる瞳には力が感じられなかった。

「大丈夫ですか？」

大吉が隣に座ると、彼女はこっくりとうなずいた。

「大丈夫……です」

気の弱い佳奈子のことだ。本当は試験が怖くて仕方ないのだろう。それでも、前向きにがんばろうとしていた。

「俺は自信がありません」

正直に告げると、佳奈子は意外そうな顔になった。

「でも、諦めませんよ。最後まで絶対に。だから、佳奈子さんもいっしょにがんばりましょう」

自分でもなにを言っているのかわからない。とにかく、彼女を元気づけたい一心だった。

「はい……ありがとうございます」

佳奈子が微笑を浮かべてくれる。無理やりだとしても、笑おうとしてくれたことがうれしかった。

「ただ今より、技能試験を開始します」

ロビーに放送が流れた。

その瞬間、いったんはほぐれかけた佳奈子の顔が、再びこわばってしまう。なんとかしてあげたいが、大吉はもう向かわなければならなかった。

「南沢さん、健闘を祈ってます。またあとで会いましょう」

あえて笑顔で告げると、佳奈子はこっくりとうなずいた。だが、緊張のあまり言葉を発する余裕はなかった。


今はひとり目の男子大学生が試験を受けているところで、大吉は後部座席に座っていた。

技能試験は助手席に教官が座り、もうひとり別の教習生が後部座席に乗る決まりになっている。大吉の順番はこの次だった。

教官は初日に送迎のマイクロバスを運転していた初老の男だ。相性が悪そうなのが気になったが、とにかく教わったとおりにやるしかない。沙織にも「自分を信じなさい」と言われていた。

昨夜は沙織の補習を受けていたため寝不足ぎみだ。しかし、気力は充実している。苦手だった方向変換のコツを教えてもらったので、慌てなければなんとかなるはずだ。

（沙織教官、ありがとうございます）

昨夜の補習を思い返して、心のなかで礼を言った。

その直後、沙織のガーター姿が脳裏に浮かんでしまう。普段はクールな彼女が、あんな格好をするとは驚きだった。

今にして思えば、沙織は技能教習のとき、わざと方向変換のコツを教えなかったのだろう。そして、深夜の補習でふたりきりになるように仕向けたのだ。最初から大吉を狙っていたのは、彼女の言動からも明らかだった。

佳奈子のことを思うと胸の奥がチクリと痛んだ。

誰よりも佳奈子のことが気になっている。しかし、恋愛感情はなくてもセックスの快楽は別物だ。沙織の熟れた女体がもたらす愉悦は凄《すさ》まじかった。

（すごかったよな……）

あの日本人離れした女体を背後から貫いたのだ。しかも、車のなかでというのが最高に興奮した。

うっとり回想していると、いきなり車がガクンッと停《と》まった。

（な……なんだ？）

どうやら、一時停止で右から来る車に気づかず発進しようとしたらしい。ここまでスムーズだったのに、緊張のあまり見落としてしまったのだろう。教官にブレーキを踏まれた場合は一発で不合格だ。

「はい、検定中止。スタート地点に戻って」

教官がぶっきらぼうに告げた。

確かに単純なミスだが、もう少し別の言い方はできないものだろうか。この教官の言動が、どうにも鼻について仕方なかった。

車がスタート地点に戻り、いよいよ大吉の番がまわってきた。

まずは慎重に安全確認をしてから運転席に乗りこんだ。助手席には意地の悪そうな教官が、後部座席には話したこともない教習生が座っていた。

この状況だけで緊張してしまうが、心のなかで沙織に教わったことを何度も思い返す。そうやって緊張を頭の片隅に追いやった。

そして、佳奈子の顔を思い浮かべる。懸命に前を向こうとしている彼女の姿が、大吉の心の支えになっていた。

(よし……)

気持ちを落ち着かせると、ハンドルをそっとつかんだ。

検定のとき、助手席の教官はなにも言ってくれない。試験なのだから当然だが、じっと見られていると運転しづらかった。

それでも無事に発車して、踏切、坂道発進、S字コース、クランクコースなど課題を次々とクリアしていく。初老の教官が鋭い目でチェックしているのを感じるが、今のところ問題はないはずだ。

そして、問題の方向変換に差しかかった。

ここまでどんなに上手《うま》くできても、ポールにぶつかったり、脱輪したりすれば一発でアウトだ。

(やばい、緊張してきた)

とにかく焦ってはいけない。沙織に教わったコツを心のなかで唱えながら、無我夢中で車を操作した。

「ほほう……」

教官が微《かす》かに唸《うな》ったことで、はっと我に返った。

気づくと、車は見事にポールの間をまっすぐバックしていた。どうやら上手くいったらしい。深夜の補習でやったとおり、完璧な方向変換ができたのだ。ここをクリアできれば、あとは慎重に走るだけだった。

スタート地点に戻ってエンジンを切ると、相性の悪い教官が感心した様子でうなずいた。

「ずいぶん練習したようだな」

この男でも褒めることがあるらしい。まだ試験結果が出たわけではないが、がんばってよかったと心から思えた。

「ありがとうございました」

大吉は素直な気持ちで礼を言って車をおりた。

ロビーに戻るが、佳奈子の姿は見当たらなかった。今ごろ技能試験を受けている最中かもしれない。トイレの前のベンチにも行ってみるが、やはりそこにも彼女はいなかった。

そのままベンチに座り、佳奈子が戻ってくるのを待つことにした。

技能試験に合格した者だけが、このあとに実施される学科試験を受けることになる。教官の反応からしても手応えはあった。大吉は運転教本を取り出すと、学科試験に備えて練習問題を解きはじめた。

ふと気配を感じて顔をあげる。

いつの間にか目の前に佳奈子が立っていた。顔を見た瞬間、なにかあったとわかった。

「ダメでした」

今にも泣き出しそうな弱々しい声だ。実際、瞳には涙が滲《にじ》んでいた。

「まだ決まったわけじゃ……合格発表まで待ちましょう」

元気づけるつもりだったが逆効果だった。佳奈子は首を左右に振ると、大吉の隣に腰かけて肩を落とした。

「クランクで脱輪してしまいました」

どうやら検定中止になったらしい。合格発表を待つまでもないのに、よけいなことを言ってしまった。

「でも……みんなが一発で受かるわけではないですから……」

どんな言葉をかければいいのかわからない。今はなにを言っても慰めにならない気がした。

微妙な空気のなか、技能試験の合格発表があった。大吉は合格していたが、佳奈子の手前、素直に喜べない。落ちこんでいる佳奈子を残して、学科試験を受けるのも気が引けた。

「がんばってください」

佳奈子がそう言って応援してくれたのが、せめてもの救いだった。

学科はしっかり勉強していたので、自信を持って挑むことができた。実際、手応えはあったが、ずっと佳奈子のことが気になっていた。

（もう帰っちゃったよな……）

なにか言葉をかけるべきだった。でも、技能試験の不合格者はすることがないので、もうホテルに帰っているだろう。

念のため、先ほどのベンチに戻ってみる。すると、佳奈子がぽつんと座っていた。床の一点を見つめている表情が淋《さび》しげだった。

「南沢さん……」

どうしようか迷ったが、やはり放っておけずに声をかけた。

佳奈子は目もとを指でそっと拭った。どうやら泣いていたらしい。それでも顔をあげたときは、無理をして笑みを浮かべていた。

「試験、どうでしたか」

「まずまずです。そんなことより、ホテルに帰らなかったんですか」

大吉が尋ねると、彼女は気まずそうに黙りこんだ。だが、それはほんの一瞬のことだった。

「ひとりになりたくなかったから……」

再び唇を開くと、佳奈子は淋しげにつぶやいた。

「あっ、そろそろ合格発表じゃないですか。わたしもいっしょに見に行っていいですか」

断る理由はなかった。しかし、自分だけ仮免許が取れていると、気まずい空気になるのではないか。心配になるが、佳奈子は立ちあがるとロビーに向かって歩き出した。

「発表になってますよ」

合格者は電光掲示板で発表されるシステムで、自分の番号のランプが光っていれば合格だ。

「俺の番号は……おっ、光ってる」

思わず大きな声をあげそうになるが、佳奈子の前なのでぐっとこらえた。

「よかったですね。本当によかった」

柔らかな声だった。隣を見ると、佳奈子が穏和な表情を浮かべていた。

合格を心から喜んでくれているのが伝わってくる。だからこそ、不合格だった彼女を慰めてあげたかった。

「今夜、外で食事をしませんか」

思いきって誘ってみる。

彼女が人妻だということを忘れたわけではない。でも、今はなんとかして元気づけたいという気持ちが強かった。とはいえ、下心がまったくないと言えば嘘《うそ》になる。どうしようもなく惹《ひ》かれているのは事実だった。

「お食事……ですか」

佳奈子がじっと見つめてくる。胸のうちを見抜かれている気がして、思わずあとずさりしそうになった。

「ご、ご迷惑でしたら、別に……」

大吉は早くも誘ったことを後悔していた。

警戒されるのは当然のことだろう。これまでの関係が崩れてしまったかもしれないと思うと淋しくなった。

「お酒も飲めるところがいいです」

一拍置いて、佳奈子がぽつりとつぶやいた。

頬がほんのり桜色に染まっている。視線をすっとそらす仕草に、どうしようもなく惹きつけられた。

「お酒、いいですね」

つい声が弾んでしまう。嫌われたわけではないとわかり、大吉は内心ほっとしていた。

2

ホテルに戻り、ロビーで待ち合わせをした。

先におりてきたのは大吉だった。佳奈子はなかなか姿を見せない。準備に時間がかかっているのだろうか。

ひとりで待っていると、本当に来てくれるのか不安が頭をもたげてくる。

いったんは了承してくれたが、ひとりになって考え直したとしてもおかしくない。なにしろ彼女は人妻だ。夫以外の男と食事に行くのに躊躇《ちゅうちょ》するのは当然のことだった。

何度も腕時計を見てしまう。すでに十分が経過していた。

（やっぱりダメか……）

諦めかけたときだった。エレベーターが一階に到着して扉が開いた。

「お待たせしてすみません」

おりてきたのは佳奈子だった。大吉の顔を見るなり、申しわけなさそうに頭をさげた。

「準備をしていたら遅くなってしまいました」

「い、いえ、俺も今、来たところです」

内心ほっとしながら答えると、彼女は安心したように微笑《ほほえ》んでくれる。だから大吉も自然と笑顔になった。

女性は準備にいろいろ時間がかかるものなのだろう。仮に気が変わったのだとしても、佳奈子が無視をするとは思えない。ロビーにおりてきて、きちんと断るはずだった。

（なにを焦ってるんだ。落ち着けよ）

胸のうちで自分自身に言い聞かせる。佳奈子のことが気になるあまり、ついつい前のめりになっていた。

「では、行きましょうか」

努めて冷静に振る舞おうとする。だが、やはり気持ちは舞いあがっていた。外に出ると、とりあえず駅のほうに向かって歩いていく。ふたりとも出歩かないので店を知っているわけではない。いい感じの店があれば、そこにふらりと入るつもりだった。

「やっぱり夜は冷えますね」

並んで歩いていると、どうにも緊張してしまう。場の空気をほぐしたくて、大吉は自分から語りかけた。

「はい……」

佳奈子は肩をすくめて歩いている。ネイビーのコートを羽織っているが、それでも寒そうにしていた。

肩を抱いて歩けば、少しは寒さをしのげるだろう。だが、人妻にそんなことをできるはずもない。妄想をふくらませるだけでも、大吉は顔が赤くなるのを感じていた。

駅が近づいてくると、何軒か店が見えてきた。そのなかに全国チェーンの居酒屋があった。面白味はないが、ここなら気取りすぎていないし、安心して飲み食いできるだろう。

「ここにしましょうか」

「はい……」

佳奈子は先ほどから「はい」しか言っていない。やはり警戒しているのだろうか。それとも、夫以外の男と食事をすることに、罪悪感を抱いているのかもしれなかった。

とにかく店に入り、テーブル席で向かい合って腰かけた。

生ビールの中ジョッキをふたつに、枝豆、揚げ出し豆腐、鶏の唐揚げやホッケなどを頼んだ。

「とりあえず乾杯しておきますか」

すぐにビールが運ばれてきたので、ジョッキを手にして語りかけた。

「そうですね」

佳奈子もジョッキを手にして微笑むが、今ひとつ表情が冴《さ》えなかった。

仮免許が取れなかったことがショックなのだろう。考えてみたら、合格した大吉といっしょにいるのはつらいかもしれない。今さらながら、誘ったことは失敗だった気がしてきた。

「で、では……」

「合格、おめでとうございます」

大吉はあえて触れなかったのだが、佳奈子のほうから言ってくれる。まるで自分のことのように、満面の笑みを浮かべていた。

（ああ、佳奈子さん……なんていい人なんだ）

彼女に限って、合格者を妬《ねた》むなどあり得ない。大吉は先ほどの自分の考えを恥ずかしく思った。

「ありがとうございます」

ジョッキを合わせてビールをグビリッと飲んだ。佳奈子もビールを喉に流しこみ、おいしそうに目を細めた。

すぐに料理も運ばれてきたので、さっそく食べはじめる。試験の緊張から解放されたせいか、急に腹が減ってきた。佳奈子はあまり食欲がなさそうだが、それでも少しは食べてくれた。

話題はもっぱら教習のことだ。佳奈子がクランクが苦手で脱輪してばかりだと言えば、大吉は方向変換で苦労したことを話した。ただ深夜の特訓のことは、さすがに打ち明けられなかった。

ふたりともビールをお代わりして、いい感じに酔ってきた。

「お仕事で免許を取らなければならないのは大変ですね」

佳奈子がなにげない感じで尋ねてくる。仕事の関係で免許を取りに来たことは話してあった。

「でも、会社が半分出してくれるからラッキーですよ。こういう機会でもなければ、もう免許を取ることはなかったですから」

最初は面倒だと思っていたが、今は前向きに考えるようにしている。免許があれば、今後なにかの役に立つかもしれなかった。

「ところで、南沢さんはどうして免許を取ろうと思ったんですか。お仕事で使うわけではないのですよね」

「わたしは専業主婦ですから……今のところは……」

なにやら含みのある言い方だ。まるで、これから専業主婦ではなくなるように聞こえた。

「働くときに、免許があったほうが有利だと思ったんです」

「お仕事を探しているのですか」

「じつは、いろいろあって……」

佳奈子は思いつめたような表情になっている。いったん言葉を切ってビールをひと口飲むと、再びゆっくり唇を開いた。

「夫が浮気をしてるんです。それで上手くいかなくなってしまいまして……」

淡々とした口調が、かえって悲しみの大きさを表しているようだった。

最初に浮気を疑ったのは、急に残業が増えたことだったという。それでも夫を信じようとしていた。ところが、態度はどんどん冷たくなり、結婚記念日も忘れる始末だった。

「でも、本当に残業だった可能性もあるんじゃないですか」

大吉が慎重に問いかけると、佳奈子は首を左右に振る。そして、再びビールを飲んで喉を湿らせた。

「いけないと思いつつ、夫のケータイを見てしまったんです」

罪悪感がこみあげてきたのか、それとも悲しくなったのかもしれない。佳奈子は瞳を潤ませながら語りつづけた。

夫は会社の若いOLとメールのやり取りをしていたという。ホテルで密会したときのことなどが書いてあり、浮気をしているのは確実になった。

「そこでわたしが見て見ぬふりをすれば、夫は帰ってきたのかもしれません。でも、どうしても許せなくて……」

ある日、朝帰りした夫を問いつめたという。すると、最初は否定していた夫が急に開き直り、出ていけと怒鳴った。

「せめて謝ってくれれば……」

それがきっかけとなり、現在は別居している。佳奈子はワンルームマンションでひとり暮らしをしていた。

「そんなことが……」

かける言葉が見つからなかった。

元気づけるつもりで食事に誘ったが、これほど深刻な問題を抱えていたとは思いもしない。佳奈子の表情が冴えなかったのは、教習のことだけが原因ではなかった。むしろ夫婦の問題のほうが大きかったのだ。

（だから指輪をしてなかったのか……）

彼女が結婚指輪をしていないのが気になっていた。人妻が合宿免許に来ていることにも違和感を覚えていた。まだ離婚はしていないが、別居中だから家を空けることができるのだ。

ようやく疑問が解消して、佳奈子のことが少しだけ理解できた気がした。

なんとか彼女を守ってあげたいと思う。しかし、同時に自分の無力さを実感していた。大吉は独身だし、恋愛経験も少ない。夫婦の問題にアドバイスできることなどなにもなかった。

「でも、どうしてこんな遠くの教習所に来たんですか」

近所の教習所でもよかった気がする。わざわざ合宿免許に来たのには、なにか意味があるのだろうか。

「浮気が発覚する前、夫に免許を取るように勧められていたんです。駅まで送り迎えしてもらいたかったみたいで……それで、夫がこの教習所のパンフレットを取り寄せたんです」

じつは佳奈子の夫、南沢慎也《しんや》もこの教習所で免許を取得したという。自分が学生時代に合宿免許で取った経験から、妻にも勧めたようだった。

「でも、当時は家事を休んでまで免許を取りに行くのはどうかと……そのままうやむやになっていたんです。それが今になって免許を取ろうと思い立ち、昔のパンフレットを見て電話をしました」

佳奈子の声が小さくなっていく。別居してから夫が勧めた教習所で練習してい

ると は、なんとも皮肉な話だった。

「そうでしたか……大変だったんですね」

なんとか声をかけるが、それ以上言葉がつづかない。彼女はひとりで生きていくために免許を取ろうとしている。自分とは比べものにならないプレッシャーを感じているに違いなかった。

「あっ、ビール、飲みますよね。すみません！」

場の空気が盛りさがっていた。なんとか雰囲気を変えたかった。こうなったら飲むしかないと、生ビールのお代わりを注文した。

3

夜十一時になり店を出た。

ビールとレモンサワーをいいペースで飲んだ。大吉は酔っていると自覚していたが、それ以上に佳奈子は危なっかしい。足もとがおぼつかず、もはやまっすぐ歩くこともできなかった。

「ちょっと飲みすぎちゃいました」

夫の浮気と仮免許に落ちたことが重なり、ストレスになっていたのだろう。つい飲みすぎたが、それでも気分が悪くなっている様子はなかった。

「俺から離れないでください」

左右に大きく揺れながら歩いているので心配になる。そのうち転んで怪我《けが》をしそうだった。

「大丈夫ですよ。全然酔ってませんから」

酔っている人ほど、自分は酔っていないと言う。佳奈子の場合は明らかに酔っ払っていた。

「吉岡さんはまだ飲み足りないですよね。もう一軒行きます?」

「いえ、もうたくさん飲みました。ホテルに帰りましょう」

そんなことを話しながら歩いていると、なにもないところで佳奈子がつまずきそうになった。

「危ないっ」

大吉はとっさに手を出して腰を支えた。純粋に助けようと思っただけだ。その結果、しっかり抱き寄せる形になり、心臓がバクンッと音を立てた。

「あ、ありがとう……ございます」

佳奈子の頬が赤く染まっているのは、酒に酔っているせいなのか、それとも照れているだけなのか。もしかしたら両方かもしれない。大吉が腰を抱いたままだが、彼女はまったくいやがる素振りを見せなかった。

「つかまってもいいですか」

驚いたことに、佳奈子も大吉の腰に手をまわしてくる。そして、身体《からだ》をぴったり寄せてきた。

「こ、転んだら危ないですからね」

つい言いわけがましくつぶやいてしまう。邪《よこしま》な気持ちはないと、無意識のうちにアピールしていた。

「はい……」

佳奈子はどう思っているのだろう。こっくりうなずくだけで、大吉から離れようとしなかった。

「じゃ、じゃあ行きましょうか」

コートの上からでも、くびれた腰の曲線が手のひらに伝わってくる。こうして寄り添っていると、気分が急激に盛りあがった。

静かな街をホテルに向かって歩いていく。佳奈子はうつむき加減で、いっさいしゃべらない。大吉も頭になにも浮かばなくなり、ただ彼女の腰を抱いて歩きつづけた。

ホテルに到着して、エレベーターに乗りこんだ。

佳奈子を部屋に送り届けるつもりだった。だが、階数のボタンを押そうとして気がついた。大吉は彼女の部屋番号を知らなかった。大吉がとまどっているのがわかっているのに、佳奈子も部屋番号を告げようとしない。ただ黙って大吉に寄り添っていた。

(佳奈子さん……)

胸の鼓動が速くなっていく。迷ったのは一瞬だけだった。大吉は自分の部屋がある五階のボタンを押していた。

エレベーターが軽く揺れて、ゆっくり動きはじめる。そのとき、大吉の腰にまわされた佳奈子の手に少し力が入った。指先がめりこむ感触にドキリとして、ますます気分が盛りあがる。大吉の手にも自然と力がこもった。

エレベーターが停まってドアが開いた。

大吉は彼女の腰を抱いたまま、思いきって一歩踏み出してみる。すると、佳奈子も歩調を合わせてエレベーターを降りた。

廊下を歩く間、ふたりはひと言もしゃべらなかった。微かな足音と、自分の心臓の音だけが聞こえていた。

カードキーをかざして部屋に入る。カードを差しこんで明かりが点《つ》き、ドアが閉まると同時に佳奈子を真正面から抱きしめた。

「あっ……」

彼女の唇から小さな声が溢《あふ》れ出す。だが、抗《あらが》うことなく大吉の胸板に頬を押し当てていた。

「か……佳奈子さん」

勇気を出して名前で呼んでみる。すると、佳奈子は胸もとからそっと見あげてきた。

「大吉さん……」

お返しとばかりに名前で呼んでくれる。しかも、大吉の背中に両手をしっかりまわして抱きついてきた。潤んだ瞳で見つめられると、もう気持ちを抑えられなかった。

「お、俺……酔ってるんです」

これは酒のせいだ。飲みすぎてしまったから仕方ないと、自分自身に言いわけをした。

「わたしもです……酔ってしまったから……」

佳奈子も昂《たかぶ》っているのかもしれない。見あげてくる瞳の奥には、妖しげな光が揺らめいていた。

「お、俺、もう……」

唇を重ねれば、佳奈子は睫毛《まつげ》を静かに伏せて応じてくれる。

溶けそうなほど柔らかい唇の感触に陶然となった。佳奈子とキスをしているという事実が気持ちを燃えあがらせる。今、大吉は人妻の唇を奪っているのだ。そう思うほどに歯止めが利かなくなってきた。

舌先を伸ばして、彼女の唇の表面をそっと舐《な》めてみる。すると、佳奈子は微かに鼻を鳴らして唇を半開きにした。

「あふンっ……」

すかさず舌を差し挿《い》れる。彼女も遠慮がちに舌を伸ばしてくるので、自然とからめ合う形になっていた。

「んんっ、佳奈子さん」

「だ、大吉さん……はンンっ」

互いの名前を呼ぶことで、さらに気分が盛りあがる。舌の粘膜同士を密着させて、彼女の甘い唾液をすすりあげて飲みくだす。反対に唾液を口移しすれば、佳奈子は躊躇することなく嚥下《えんげ》した。

（ああ、最高だ……）

甘露《かんろ》のような味わいにうっとりする。さらに舌を深くからめると、唾液を何度も吸いあげた。

「ンっ……はンっ」

佳奈子は睫毛を伏せて、大吉の舌をしゃぶっている。唾液を飲むほどに顔が赤くなり、やがて腰が右に左に揺れはじめた。

彼女も興奮しているのかもしれない。大吉の男根はすでに芯を通しており、チノパンの前が大きく膨らんでいる。意識的に突き出して、佳奈子の下腹部に押しつけてみた。

「あっ……」

一瞬、身体を硬直させて目を開ける。しかし、視線が重なると、とたんに耳まででまっ赤にしてうつむいた。

いやがっているようには見えない。それならば、行きつくところまで行くしかなかった。大吉は女体を抱きしめたまま、部屋の奥へと進んでいく。シングルベッドの前で立ちどまると、女体からコートを剝ぎ取り、セーターの上から乳房を揉《も》みあげた。

「あンっ……」

佳奈子の唇から小さな声が漏れる。やはり、いやがる素振りはなかった。

（いいのか、本当に……）

迷いがまったくないわけではない。彼女が人妻だと思うと、罪悪感がこみあげてくる。だが、それ以上の速度で欲望がふくらんでいた。

セーターをまくりあげて頭から抜き取り、さらに白いタンクトップも奪い去った。すると、ベージュのブラジャーに覆われた乳房が見えてくる。生活感溢れる下着が人妻らしくて、かえって欲望が煽《あお》られた。

プリーツスカートをおろすと、ストッキングも引きさげにかかる。佳奈子は内《うち》腿《もも》をもじもじ擦り合わせるだけで、まったく抵抗しなかった。

「恥ずかしいです」

ブラジャーとパンティだけになると、彼女はつぶやいた。

なにやら落ち着かない様子で、乳房の谷間を手のひらで覆ったり、パンティの股間に手をやったりする。そうやってもじもじしながら、大吉に甘い視線を送ってきた。

「大吉さんも……」

そう言われて、大吉も慌てて服を脱ぎ、ボクサーブリーフ一枚になった。股間が思いきり突っ張っているのが恥ずかしい。しかも、亀頭の先端部分には我慢汁の染みがひろがっていた。

「これで同じですよね」

大吉は平静を装い、再び女体を抱きしめる。そして、背中のホックをはずすとブラジャーを奪い去った。

「ああっ」

ついに張りのある乳房が露《あら》わになる。

大きすぎず小さすぎず、ちょうど片手で収まりそうなサイズだ。ミルクを溶かしこんだように白くて、染みひとつない滑らかな肌だった。先端には淡いピンクの乳首が載っていた。

「き、きれいだ……それに、すごくかわいいですよ」

もう乳房から目が離せない。大吉は独りごとのようにつぶやき、思わず両手を伸ばして双《ふた》つの柔肉を揉みあげた。

張りがあるのに指がいとも簡単に沈みこむ。柔らかくて芯がなく、触れているだけでうっとりした気分になってくる。先端の乳首を指先で摘《つ》まんでクニクニ転がせば、あっという間に充血して硬くなった。

「あっ……あンっ」

佳奈子は困ったように眉を歪《ゆが》めて、女体を小刻みに震わせている。膝に力が入らないらしく、懇願するような瞳を向けてきた。

「そ、そんなにされたら……はあンっ」

「これがダメなんですか」

大吉は問いかけながら、充血した乳首を手のひらで転がしてみる。円を描くようにして、やさしい動きを心がけた。

「あンっ……あンっ……」

甘い声を漏らしてくれるから、大吉のペニスはますます硬くなる。ボクサーブリーフの染みが大きくなり、うっすらと牡《めす》の匂いが漂いはじめた。

「も、もう、立っていられません」

佳奈子が今にも泣き出しそうな声で訴えてくる。大吉は彼女の肩に手をまわすと、ベッドにそっと横たえた。

「か、佳奈子さん……俺も、もう……」

もう股間が突っ張って痛いくらいだ。

無理に押さえつけられて、先ほどから大量の我慢汁を垂れ流している。ボクサーブリーフを脱ぎ捨てると、いきり勃《た》った男根が待ってましたとばかりにブルンッと飛び出した。

「あっ……」

佳奈子がペニスを目にして口もとに手をやった。

「も、もう、そんなに……」

慌てた様子で視線をそらすが、チラチラと横目で見つめてくる。天井を向いて屹立《きつりつ》した男根が気になって仕方ないようだ。

大吉はベッドにあがると、佳奈子のパンティに指をかけた。

「ま、待ってください」

身をよじって抵抗する。ここまで来て気が変わったのだろうか。ところが、彼女の唇から紡がれたのは予想外の言葉だった。

「あの……久しぶりなんです」

夫の浮気が発覚する前から、セックスレス状態に陥っていたという。もう二年ほど抱かれておらず、上手くできる自信がないと不安がっていた。

拒絶されたわけではなかった。ほっと胸を撫《な》でおろすと、大吉はパンティに指をかけたまま語りかけた。

「わかりました。俺にまかせてください」

大吉もそれほど経験があるわけではない。だが、ここは男がリードしなければならない場面だ。幸いこの教習所に来てから、美鈴と沙織、ふたりの女性と関係を持っていた。

（焦るな……焦らなければ、きっと……）

ここまで佳奈子は受け入れてくれたのだ。彼女自身、夫から離れて、身も心も解放したいと願っているのではないか。それならば、焦らずにじっくり愛撫《あいぶ》を施せば上手くいく気がした。

パンティを脱がしにかかった。じりじり引きおろして、恥丘が少しずつ見えてくる。陰毛は小判形に整えられており、長さも短く切りそろえてあった。夫とはセックスレスなのに、普段から手入れを怠らなかったのだろう。彼女の淋しさを思うと、胸が苦しくなってきた。

（せめて今だけは……）

なんとしても感じさせてあげたい。久しく忘れていた女の悦《よろこ》びを思い出させてあげたかった。

「あ、明かりを……」

佳奈子がかすれた声でつぶやいた。

「見せてほしい。佳奈子さんのすべてを」

大吉は彼女の足もとに座りこむと、膝をつかんで割り開きにかかる。左右にじりじり押しひろげれば、白い内腿が見えてきた。

「ま、待ってください……」

佳奈子が恥じらいの声を漏らして腰をよじる。それでも、大吉は構うことなく彼女の脚をM字形に開いて押さえこんだ。

「ああっ、見ないでください」

白い内腿の中心部に、佳奈子の割れ目が見えている。いかにも経験の少なそうなミルキーピンクの陰唇だ。形崩れもしておらず、人妻とは思えない少女のような佇《たたず》まいだった。

「なんてきれいなんだ……佳奈子さんのここ、すごくきれいですよ」

大吉は情熱的に囁《ささや》きかけると、まるで吸い寄せられるように前かがみになっていた。正座をした状態から顔を股間に寄せて、すぐ目の前で人妻の女陰を凝視する。チーズにも似た香りが漂っており、欲望が猛烈に刺激された。

「み、見ないで——はあァッ」

訴えてくる佳奈子の声が、途中から喘《あえ》ぎ声に変化する。大吉が股間にむしゃぶりついたのだ。魅惑的な割れ目に唇を押し当てると、舌を伸ばして女陰の狭間《はざま》を舐めあげた。

「ああッ、ま、待って、待ってくださいっ」

「もう待てません、佳奈子さんのすべてを愛したいんです」

自分を抑えられない。彼女の割れ目が、彼女の匂いが、彼女のすべてが大吉を誘っていた。

女陰を何度も舐めあげては、口に含んでクチュクチュとしゃぶりまわす。すでに大量の華蜜が分泌されており、甘い味が口内にひろがっていく。それがますます欲望を加速させて、大吉は無我夢中で割れ目を舐めまわした。

「あッ……あッ……」

「う、うまい、すごくうまいですよ」

彼女の切れぎれの喘ぎ声を聞きながら、陰唇の狭間から溢れ出る果汁をすすり飲む。さらには割れ目の端にある小さな肉豆、クリトリスを舌先でねちっこく転がした。

「あンっ、そ、そこは……ああンっ」

佳奈子はしきりに恥じらいながらも甘い声を漏らしている。腰のくねり方も艶《あで》やかで、自然とクンニリングスにも熱がこもった。

充血してぷっくりふくらんだ肉芽に、割れ目から溢れてくる華蜜を舌先ですくいあげては塗りつける。そこをチュルチュルと吸い立てると、女体の悶《もだ》え方が激しくなった。

「あぁッ、だ、大吉さん、あああッ」

両手を伸ばして大吉の後頭部を抱えこみ、内腿を痙攣《けいれん》させながら喘ぎ出す。あの清楚《せいそ》な人妻が、はしたない声をあげて感じているのだ。そんな光景を目にして、大吉のペニスはもう限界までふくれあがっていた。

(でも、まだダメだ……佳奈子さんを、もっと、もっと感じさせるんだ)

とにかく、身も心も蕩《とろ》けるまで感じさせてあげたい。

硬くなったクリトリスを吸いまくり、割れ目を何度もくり返し舐めあげる。さらにはとがらせた舌先を膣口《ちつこう》にねじこんだ。

「あううッ、そ、そんな……」

腰が小さく跳ねあがり、内側から新たな果汁が溢れ出す。膣口が瞬間的に収縮して、大吉の舌先を締めつけた。

「も、もうダメですっ、あああッ」

喘ぎ声がいっそう艶《つや》を帯びる。口では「ダメ」と言いながら、両手で大吉の頭を抱えこみ、自ら股間を突きあげていた。

「あッ……ああッ……も、もうっ、あああッ」

彼女が感じてくれるから、大吉は汗だくになりながら愛撫をつづける。膣口に挿入した舌先で、熱い粘膜を舐めまわしては、溢れ出る華蜜をジュルジュルと音を立てて吸いあげた。

「うむっ、佳奈子さん、佳奈子さんっ」

愛《いと》おしさがこみあげて、名前を何度も呼びながら股間をしゃぶりまくる。愛蜜を嚥下するほどに、熱い気持ちが胸のうちにひろがっていく。もっと佳奈子を感じさせたい。このまま絶頂に追いあげたかった。

膣口に埋めこんだ舌先を小刻みにピストンさせる。それと同時に唇で女陰を刺激して、トロトロになった人妻の媚肉《びにく》をしゃぶりまくった。

「あぁッ……はあぁッ……も、もうっ、ああぁッ、もうっ」

佳奈子の声が切羽つまってくる。絶頂が迫っているのかもしれない。それならばと舌を深くねじこんで、唇を女陰にぴったり密着させる。その状態で思いきり股間を吸引した。

「うむうううッ」

「ひいッ、ひあああッ」

彼女の唇から驚いたような声がほとばしる。大股開きの格好で尻がシーツから浮きあがり、股間を思いきり突きあげた。

「あああッ、ダ、ダメっ、ダメダメっ、はああああああああああッ！」

いっそう大きなよがり声が、ビジネスホテルの一室に響き渡る。

佳奈子は大吉の頭をしっかり抱えこんだまま、ついにオルガスムスの急坂を駆けあがった。内腿に痙攣が走り抜けて、大量の愛蜜を垂れ流しながら絶頂へと昇りつめた。

（やった……ついにやったぞ）

胸に熱いものがひろがっていく。

久しくセックスから離れていた佳奈子を絶頂に追いあげたのだ。次から次へと溢れる果汁を嚥下しながら、大吉は達成感に酔いしれていた。

少なくともこうしている間、彼女はいやなことを忘れられる。一時だけでもつらい現実から逃れて、快楽の世界に溺れることができるのだ。大吉が彼女のためにできるのは、これくらいしか思いつかなかった。

4

（まだ……もっと、もっと感じさせてあげたい）

大吉の気持ちはさらに熱く燃えあがっている。喘ぎ悶える佳奈子の姿を目の当たりにしたことで、愛しさがとまらなくなっていた。

「ああっ……」

股間から口を離すと、佳奈子の唇から小さな声が溢れ出す。

女体を微かに痙攣《けいれん》させてぐったりしているが、まだ燃えつきたわけではないだろう。その証拠に虚《うつ》ろな瞳を大吉の股間に向けている。彼女も情熱的な交合を望んでいるに違いなかった。

「か……佳奈子さん」

興奮のあまり声がうわずってしまう。大吉は女体に覆いかぶさると、かつてないほど勃起したペニスを彼女の割れ目に押し当てた。

「あンっ……」

軽く乗せただけだが、トロトロに蕩けた女陰は亀頭の重みだけで内側に沈みこんでいく。まだなにもしていないのに、二枚の花弁を巻きこむ形で、ペニスの先端が膣口にはまっていた。

「ああッ、だ、大吉さん」

佳奈子が眉を八の字に歪《ゆが》めて見あげてくる。

感じていると同時にとまどっているのだろう。久しぶりのセックスで不安も感じているかもしれない。それでも熟れた女体が刺激を求めているのは事実だ。実際、女壺は早くもペニスを受け入れて、さらなる快楽を求めて先ほどからうねっている。膣襞《ひだ》が蠢《うごめ》き、亀頭を奥へ奥へと引きこもうとしていた。

「ううッ……す、すごい」

大吉は誘われるまま、腰をじわじわと押し進める。亀頭で媚肉を掻《か》きわけて、女壺の奥へと埋めこんでいった。

「あッ、ああッ……ゆ、ゆっくり……」

忘れかけていた刺激に身体が驚いているのだろう。瞳は怯《おび》えたように潤んでいるが、膣口からは愛蜜がジクジク湧き出していた。

「いっぱい感じてください……んんっ」

数ミリずつ男根を押しこんでいく。膣道を慣らすように、超スローペースの挿入を心がけた。

佳奈子は身体の両脇に垂らした両手で、シーツを強く握りしめている。数年ぶりに受け入れるペニスの衝撃は強烈なのだろう。しかし、下唇を嚙《か》んで懸命に耐える姿が、大吉の獣欲を目覚めさせた。

「か、佳奈子さん……くううッ」

思いきり突きこみたいのを我慢して、ついに根元までペニスを挿入する。膣道が驚いたようにうねっており、亀頭から太幹にかけてをこれでもかと締めあげていた。

「おおッ……こ、これは……」

「お、奥まで……大吉さんが……」

佳奈子が苦しげな声で、しかし、口もとに微笑を浮かべて語りかけてくる。ひとつになったことで、悦びがこみあげているのかもしれない。熱い眼差《まなざ》しを向けられて、大吉の気持ちもますます燃えあがった。

「も、もう、俺……ふんんっ」

このまま動かずに膣を慣らすべきかもしれない。だが、もうこれ以上、我慢することはできなかった。

ゆっくり腰を引き、ペニスをじりじり引き出していく。張り出したカリが膣壁を擦りあげて、女壺がうねるように反応する。襞という襞が蠢き、膣口が太幹を締めつけてきた。

「あッ……あッ……擦れちゃいます」

「ううッ、し、締まるっ」

膣がもたらす刺激が鮮烈な快感となり、全身へとひろがっていく。もう動きをとめることができず、大吉は再び男根を押しこんだ。

「ああッ、ま、また……はンンッ」

膣壁を摩擦しながら長大なペニスを根元まで挿入する。張りつめた亀頭が膣奥に到達して、女体が弓なりに仰《の》け反《ぞ》った。

「おうッ、き、きついっ」

女壺の反応は凄まじい。収縮と弛緩《しかん》を何度もくり返し、太幹を思いきり締めつける。愛蜜の量も増えているため、ヌルヌルと滑る感触もたまらない。自然と抽送速度があがっていく。

「あッ……あッ……」

佳奈子の表情が変わってきた。膣道がペニスの太さに慣れてきたのかもしれない。目の下が紅潮して、瞳もねっとり潤んでいる。腰も艶《なま》めかしくくねり、揺れる乳房の頂点では乳首が硬く隆起していた。

両手で乳房を揉みながら腰を振る。まだペースを抑えているが、カリで膣壁を擦るたびに快感がひろがった。

「あンっ、そんなに動いたら……ああンっ」

「柔らかいですよ。佳奈子さんのおっぱい」

乳首を指の股に挟みこみ、双乳をねっとり揉みあげる。溶けてしまいそうな柔らかさに引きこまれて、腰の動きも徐々に速くなった。

「あッ、ああッ……つ、強いです」

「お、俺、もう……くううッ」

快楽の呻《うめ》き声が溢れ出す。ペニスを抜き差しするたび、愉悦の波が押し寄せてくる。股間は大量の愛蜜でぐっしょり濡《ぬ》れており、あたりには濃厚な淫臭がひろがっていた。

「ああッ、大吉さんっ、あああッ」

佳奈子の喘ぎ声も大きくなっている。膣もすっかりほぐれており、男根をしっかり食い締めていた。

「おおッ……おおおッ」

もう自分を抑えられない。欲望にまかせて腰を振り、男根で膣のなかを掻きまわす。亀頭を奥の奥まで突きこみ、カリで柔襞を擦りあげた。

「つ、強いっ、ああッ、強いですっ」

佳奈子が抗議するように訴えてくる。だが、女体は確実に反応していた。膣が思いきり収縮して、太幹をギリギリ締めあげる。華蜜の量も増えており、股間からは湿った音が響き渡っていた。

「すごく締まってますよ……くううッ」

射精欲が盛りあがっている。もう腰の動きは加速する一方だ。ピストンするほど快感が大きくなり、もう昇りつめることしか考えられない。

「か、佳奈子さんっ、おおおッ」

「ああッ、は、激しい、大吉さんっ」

佳奈子が両手を伸ばして、大吉の腰にまわしてくる。引き寄せられて上半身を伏せると、女体をしっかり抱きしめた。

体を密着させることで、一体感が高まっていく。快感がさらに大きくなり、抽送速度がアップする。全力で腰を振り立てて、亀頭を膣の奥まで叩《たた》きこむ。媚肉をえぐる湿った音も淫らな雰囲気を盛りあげた。

「ああッ、ああッ、す、すごいっ、すごいですっ」

「お、俺も、おおおッ、気持ちいいっ」

佳奈子の喘ぎ声と大吉の呻き声が交錯する。相手の感じている声を耳にすることで、自分の快感も大きくなった。

「も、もうっ……ぬおおおッ」

いよいよラストスパートの抽送に突入する。一心不乱に腰を振り、とにかくペニスを出し入れした。

「あああッ、い、いいいっ、気持ちいいですっ」

佳奈子が背中に爪を立ててくる。下から股間をしゃくりあげて、男根を思いきり絞りあげた。

「おおおッ、で、出る、もう出るっ」

快感が快感を呼び、頭のなかがまっ赤に染まっていく。とにかく腰を振りまくり、ペニスを深い場所まで突きこんだ。

「ひあああッ、もうっ、あああッ、もうダメぇっ」

我慢できないとばかりに佳奈子が絶叫を響かせる。その直後、女体が感電したように震え出した。

「ああッ、あああッ、い、いいっ、いいッ、イクッ、イクイクううッ！」

あられもないよがり泣きを振りまき、ついに佳奈子が絶頂へと昇りつめる。大吉の体にしがみつき、まるで万力のようにペニスを絞りあげた。

「おおおッ、で、出るっ、おおおおッ、ぬおおおおおおおおおおッ！」

大吉も獣のように叫びながら、膣深くに埋めこんだ男根を脈動させる。沸騰したザーメンが光速で噴出して、快感のあまり全身が痙攣した。女壺のなかでペニスが跳ねまわり、睾丸《こうがん》が空になるまで精液が噴きあがった。

「あああッ……ひあああああッ」

敏感な膣粘膜を焼きつくされて、佳奈子が裏返った嬌声《きょうせい》を響かせる。女体が大きく仰け反り、下腹部が激しく波打った。

ふたりはきつく抱き合いながら、目も眩《くら》むような快楽を共有した。

かつて経験したこのない絶頂感だった。大吉が首筋に顔を埋《うず》めてキスの雨を降らせると、佳奈子が耳にむしゃぶりついてくる。

(ああ、こんなにいいなんて……)

もうこのまま彼女を離したくなかった。

ふたりはドロドロになって相手の体を舐めまわし、いつまでも絶頂の余韻を貪りつづけた。

第四章　卒業検定のあとで

1

翌朝、目が覚めると佳奈子の姿は消えていた。

昨夜は身も心もひとつに溶け合うほど燃えあがった。

人生で最高のセックスを経験して、かつてない充足感を覚えていた。これほど満たされた感覚ははじめてだった。

エクスタシーを共有したあと、ふたりはいつまでも抱き合っていた。絶頂の気《け》怠《だる》い余韻のなかを漂いながら、終わりのない後戯を延々とつづけるのが至福の時間だった。

いつしか眠りに落ちて、気づくと朝になっていた。

佳奈子はいなくなっていたが、まったく焦りはなかった。なにしろ、あれほど乱れて燃えあがったのだ。きっと目が覚めたら恥ずかしくなり、自分の部屋に戻ったのだろう。

もしかしたら、ここから交際がはじまるかもしれない。半分冗談、半分本気でそんなことを考えていた。

この日から教習は第二段階に突入する。路上教習もはじまるので、朝から緊張とワクワクがとまらなかった。


学科教習を受けてロビーに向かうと、ちょうど佳奈子の姿を発見した。

彼女はベンチに腰かけて、学科教本をめくっているところだった。声をかけようとして歩み寄ると、佳奈子も顔をあげて大吉の姿に気がついた。

「どうも……」

笑顔で右手をあげるが、なぜか彼女は視線をすっとそらしてしまった。

気づいていなかったのだろうか。首をかしげながら近づくが、彼女はうつむいたまま立ちあがるとトイレに向かってしまった。

（あれ？）

なにが起こったのか理解できずにいた。

昨夜の記憶が生々しく残っている。彼女の冷たい態度とのギャップがあまりにも大きすぎた。頭がついていかず、大吉はわけがわからないままロビーに立ちつくしていた。

（具合が悪いのかな？）

最初は本気でそう思っていた。

ところが、それから三日経《た》っても佳奈子と言葉を交わしていない。教習所で見かけても、彼女はすっと離れてしまう。そんなことが何度かあり、恋愛に疎い大吉もようやくわかってきた。

どうやら避けられているらしい。

気づいた瞬間、すべてのものが色を失った。急に世界が暗くなり、なにをしていても楽しくなくなった。

（俺は、いったいなにを……）

よかれと思ったことが、彼女を苦しめているのではないか。そう思うと胸が押し潰されそうになり、このまま消えてしまいたくなった。

きっと佳奈子はあの夜のことを後悔している。

別居しているとはいえ、彼女が人妻であることに変わりはない。夫以外の男に抱かれて、しかも感じてしまったことで、なおさら罪悪感に駆られているのではないか。

あの夜は佳奈子を元気づけたくて食事に誘った。下心がまったくなかったと言えば嘘《うそ》になる。しかし、仮免許が取れずに落ちこんでいる佳奈子を慰めたかったのは本当だ。

それなのに途中から自分の気持ちが先走ってしまった。

熱い想いを伝えたくて、酔いにまかせて自分の部屋に連れこんでいた。彼女が抵抗しないのをいいことに、そのまま押し倒して欲望をぶつけてしまった。一心不乱に腰を振り、煮えたぎる精液を注ぎこんだのだ。

佳奈子も酔っていたため、理性が緩んでいたのだろう。淋《さび》しさもあり、身をまかせたに違いない。

(でも、それって……)

彼女の弱みにつけこんだことになるのではないか。

今になってそう思う。弱っている女性に迫り、酒の力を借りて関係を結んでしまう。最低な男の手口だった。

（そんなつもりじゃ……俺は本気で……）

自分自身に呆《あき》れてしまう。彼女に欲望をぶつけたのは事実だ。どんな言葉をかけても、もはや言いわけにしか聞こえないだろう。

佳奈子も翌朝、目が覚めて愕然《がくぜん》としたに違いない。裸で大吉と抱き合っている事実にショックを受けて、後悔の念に駆られたのではないか。だから、彼女はあからさまに大吉のことを避けているのかもしれない。

あの夜は、酔った佳奈子を部屋に送り届けるべきだった。紳士的に振る舞っていれば、こんなことにはならなかったはずだ。邪《よこしま》な気持ちが、すべてをぶち壊してしまった。

（俺はバカだ……大バカ野郎だ）

大吉は奥歯をギリッと強く嚙《か》みしめた。

一時の感情に流されて、大切な人の心を傷つけた。昼間の淑《しと》やかな姿を思えば予想できることだった。

彼女に会って直接謝りたい。

教習所で見かけたとき、強引に話しかけることはできるだろう。しかし、嫌われているかもしれないと思うと怖くなる。面と向かって「あなたに抱かれたことを後悔している」などと言われたら、もう免許を取ることはできないだろう。心が折れて、つづけられなくなるのは目に見えていた。

そんなギリギリの精神状態でも、なんとか教習を受けている。佳奈子と言葉を交わす勇気はなくても、遠くから見ることはできた。彼女は教習所を辞めずにがんばっている。その事実だけが、落ちこんでいる大吉の心の支えとなっていた。

テンションがあがらないなか、それでも自分を奮い立たせて路上教習に集中している。教官の沙織も路上ではさすがに悪戯《いたずら》をしかけることはない。真面目《まじめ》に教えてくれるので、大吉は確実に上達していた。

細かい技術は、第一段階のほうが大変だったように思う。なにもかもがはじめてなので、とにかく覚えることが多かった。

路上教習は緊張するが、田舎町《いなかまち》なので信号はほとんどないし、走っている車も少ない。危険予測をしなさいと言われても、危険なことがまったく起こらないので実感がなかった。

とりあえず免許を取得することはできるかもしれない。しかし、東京に戻って運転するときは苦労するだろう。

佳奈子も仮免許を取得して、路上教習がはじまったようだ。先日、彼女が緊張の面持ちで教習車のハンドルを握っているのを、たまたま見かけた。仮免許で落ちて延長になったが、それでも諦めずに努力している姿が素敵だった。

もう佳奈子と話すチャンスはないかもしれない。それでも、大吉は陰ながら応援していた。

2

そして今日、ついに大吉は卒業検定を受けることになった。

ここで合格すれば、ストレートで卒業だ。その後は住民票のある都道府県の運転免許試験場で、適性検査と学科試験を受けることになる。それをクリアすれば晴れて運転免許証が手に入るのだ。

この日は朝から極度に緊張していた。

延長なしで卒業することが、当初からの目標だった。しかし、それは同時に佳奈子と別れることを意味していた。

（本当にいいのか、このまま会えなくなっても……）

昨夜から彼女のことばかり考えている。

教習所のロビーで卒業検定の順番待ちをしながら、脳裏には佳奈子の顔を思い浮かべていた。

今はとにかく卒業検定に集中するべきだ。それはわかっているが、どうしても心が揺れてしまう。いっそのこと不合格になれば、もう少し佳奈子の近くにいられるのにと思っていた。

「吉岡さん、時間ですよ」

ふいに声をかけられて顔をあげる。すると、そこには美鈴が立っていた。黒いワンピースが未亡人の彼女に似合っている。ふんわりした髪を揺らしながら、大吉の顔をのぞきこんできた。

「表情が冴《さ》えませんね」

おっとりした声で語りかけてくる。

美鈴も今日、卒業検定を受けるのだ。しかも、大吉が運転するとき、彼女が後部座席に座ることになっていた。

「緊張してるのですか?」

「い、いえ……まあ……」

まさか佳奈子のことを考えていたなどとは言えない。あやふやな言葉でごまかすと、彼女はにっこり笑いかけてきた。

「吉岡さんなら大丈夫ですよ。さあ、行きましょう」

美鈴に元気づけられて、大吉は卒業検定を受けるために立ちあがった。


外に出ると、教習車の前後には「検定中」と書かれたプレートが取りつけられていた。屋根にも「検定中」の文字が入った赤い三角柱が載っている。それを目にして、ようやく卒業検定を受けるという実感が湧いてきた。

「がんばってくださいね」

美鈴は声をかけると、先に後部座席に乗りこんだ。

大吉は緊張しながら教官が来るのを待っていた。すると、なぜかファイルを手にした沙織が歩いてくる。相変わらずスタイルがよくて、離れた場所からでもすぐに彼女だとわかった。

「はじめるわよ」

「ちょ、ちょっと待ってください。どうして藤島教官なんですか」

検定のときは、担当教官とは別の教官がつく決まりだと聞いている。それなのに、なぜか沙織が澄ました顔で立っていた。

「年配の教官が急病で休んだのよ。時間がなくて調整がつかなかったから、わたしが急遽《きゅうきょ》担当することになったの」

「そうだったんですか……」

「担当教官だから、なおさら甘い点数をつけるわけにはいかないわ。いつもより厳しくチェックするからそのつもりで」

沙織が切れ長の瞳で見つめてくる。いつにも増してクールな美貌が引き締まっていた。

「は、はい……」

先ほどまでのふわふわした気持ちは消え去った。

気が散っているとすぐに見抜かれて叱られる。沙織が助手席に座ると思っただけで緊張感が高まった。

乗車前点検をしてから運転席に乗りこんだ。シートベルトを締めると、大吉は慎重に車を発進させた。

決められたコースを走り、発進、速度維持、制動はもちろんのこと、合図および安全確認、進路変更など数々のチェックを受ける。練習ではほぼ完璧にこなせるようになっていたが、路上では想定外の出来事が起きるものだ。そのときにどう対処できるかがポイントになってくるだろう。

検定中は教官も、後部座席に座っている教習生も、口を開かない決まりになっている。車内は異様な緊張感に包まれており、ハンドルを握る手がじんわり汗ばんでいた。

駅前の交差点を無事通過して、車線変更も上手《うま》くいった。田舎道を走っているときは、畑に向かう老婆が道路を横切るという場面に出くわしたが、しっかり一時停止をして対処できた。

坂道発進や踏切も無難にクリアして、再び駅前に戻ってくる。ここまでは順調だ。助手席の沙織も感心した様子でうなずいているのが、視界の端にしっかり映っていた。

（いける……いや、最後まで気を抜くな）

路上教習はなにが起こるかわからない。あと少しのところで失敗したというのは、よく聞く話だった。

駅前の交差点を通過した。あとはむずかしいポイントはひとつもない。普通に走っていれば教習所に戻れるはずだ。

教習生たちが宿泊しているビジネスホテルが見えてくる。今日、卒業検定に合格すれば、もうここに泊まることはない。卒業証明書を受け取って、自宅に帰ることになる。

(あと少し……あと少しだ)

気合いを入れ直したまさにそのときだった。

ビジネスホテルの前に人影が見えた。男と女だ。スーツ姿の男が、女の腕をつかんでいる。なにやら揉《も》めているらしく、女が必死に男の手を振り払おうとしていた。

(か、佳奈子さん!)

前を通りすぎる一瞬だったが、顔がはっきりわかった。腕をつかまれているのは佳奈子に間違いない。

いったいなにがあったのだろう。男のほうは見覚えがなかった。とにかく、佳奈子を連れ去ろうとしているように見えた。

あと少しで卒業検定に合格できる。だが、佳奈子を放ってはおけない。なにがあったのかわからないが、彼女の身に危険が迫っているのは明らかだ。検定中止になっても彼女を助けたかった。

「教官、緊急事態です」

大吉は車を路肩に寄せて停車させる。サイドブレーキを引き、呆気《あっけ》に取られている沙織と美鈴を残して車を降りた。

歩道を走って戻った。佳奈子と見知らぬ男が揉み合っている。男は三十前後だろうか。やはり見覚えのない顔だった。

「放してください」

沙織が必死に抵抗している。しかし、男は鬼のような形相で、彼女の腕を引っ張っていた。

「いいから帰るぞっ」

「い、いやです」

「おまえは俺の言うとおりにしていればいいんだ！」

いったい何者なのか、とにかく強引な感じが恐ろしい。だからこそ、このまま見すごすことはできなかった。

「ちょ、ちょっと、なにやってるんですか」

大吉が駆け寄りながら声をかけると、ふたりが同時にこちらを向いた。

「だ、大吉さん」

佳奈子が驚いた様子で声をあげる。すると男が険しい顔で大吉のことをにらみつけた。

「誰だおまえ」

その言い方に敵意が感じられる。今にも殴りかかってきそうな雰囲気だが、ここで引くわけにはいかなかった。

「佳奈子さんがいやがってるじゃないですか。手を放してください」

勇気を出して声をかける。すると、男が体をこちらに向けるが、まだ佳奈子の腕をつかんだままだった。

「おまえ、佳奈子とどういう関係なんだ」

完全に激昂している。男の全身から暴力の匂いが漂っていた。一刻も早く佳奈子を引き剥がさないと心配だった。

「とにかく、手を放してください」

「おまえは誰だって聞いてるんだ」

このままでは埒《らち》が明かない。大吉は思いきって、佳奈子と男の間に体を割りこませた。

「大吉さん、この人は――」

「俺にまかせてください。佳奈子さんは俺が守ります！」

恐怖を押し隠し、彼女を背中にかばって言い放った。すると、その言葉が引き金になり、男の怒りが爆発した。

「おまえ、さっきから何様のつもりだ！」

やっと佳奈子から手を離したと思ったら、大吉の胸ぐらをつかんでくる。首を締めあげられて、その直後、顔面を思いきり殴られた。

「ぐはッ……」

為《な》す術《すべ》もなく後方に吹っ飛んで尻餅をつく。左の頬が熱くなり、ジンジンと痺《しび》れるように痛んだ。

「きゃあっ！」

佳奈子が悲鳴をあげて、大吉のかたわらにしゃがみこむ。そして、殴られた頬に手のひらをあてがってきた。

「大吉さん、ごめんなさい」

「か……佳奈子さん……逃げてください」

情けないが腕っぷしには自信がない。殴り合いの喧嘩《けんか》などしたことがなく、この男に勝てるとは思えなかった。

「俺が食いとめますから、その間に……」

男にしがみついて時間稼ぎをするしかない。その間に少しでも遠くに逃げてもらう。彼女を助けるにはそれしか方法が思いつかなかった。

「この野郎っ、おまえ、佳奈子になにをした！」

男が迫ってくる。絶体絶命の状況に陥り、再び殴られるのを覚悟した。

「慎也っ、やめなさい！」

そのとき、鋭い声が響き渡った。

いつの間にか沙織がすぐ横に立っていた。ダークグレーのスーツ姿で、腕組みをして仁王立ちしている。両脚を大きく開いているため、タイトスカートの生地が張りつめていた。

「え……慎也って……」

確か、佳奈子の夫が慎也という名前ではなかったか。思わず彼女の顔を見やると、気まずそうにうなずいた。

「一応、免許を取りに行くって連絡をしておいたんです。そうしたら……」

別居はしているが夫婦なので、なにかあったときのために連絡を入れておいたという。

すると、どういうわけか慎也は東京からはるばる訪ねてきた。自分の浮気が原因で離婚寸前に陥っているのに、佳奈子を連れ戻そうとしているのだ。異常なまでの執念深さだった。

「突然、夫から電話がかかってきたんです。修了検定に落ちた翌日の朝です。いきなり帰ってこいって」

佳奈子は困りはてた様子でつぶやいた。大吉を避けるようになったのは、慎也から電話があったからに違いなかった。

そして、今日、慎也が突然やって来た。外に出て押し問答しているところに、たまたま卒業検定中の大吉が通りかかったのだ。

「慎也、あなたなにやってるのっ」

再び沙織が一喝する。あの狂暴な男を前に、一歩も引こうとしなかった。

「さ、沙織教官……」

慎也の声は怯《おび》えたように震えていた。

先ほどまでの勢いはすっかり鳴りを潜めている。それどころか、罰が悪そうに肩をすくめていた。あれほど怒り狂っていたのが嘘のようだ。まるで悪戯が見つかって叱られた子供のように、顔をまっ赤にして立ちつくしていた。

（沙織教官だって？）

その呼び方を聞いて、もしやと思った。

沙織と関係を持ったとき、大吉も彼女のことをそう呼んでいた。慎也もこの合宿免許に参加して免許を取ったと聞いている。

（もしかしたら……）

大吉と同じように、沙織と夜中の補習を行ったのではないか。

そうだと仮定すると、慎也がおとなしくなった理由もわからなくはない。とはいえ、どことなく不自然さを感じる。なにか弱みでも握られているのか、まるで別人のように静かだった。

「大丈夫ですか」

美鈴も車から降りてきて声をかけてくれる。佳奈子とは反対側にしゃがみこみ、殴られた顔をのぞきこんできた。

「だ、大丈夫です」

強がって答えるが、精神的なショックは大きかった。
なにより、佳奈子の前で殴られたことが格好悪い。彼女を助けられなかったこ
とが、情けなくて仕方なかった。
「大吉さん、立てますか？」
佳奈子がやさしく声をかけてくれる。大吉は目を見ることができず、うつむい
たまま「はい」とつぶやいた。
両側から佳奈子と美鈴が手を貸してくれる。ふらつきながら立ちあがると、沙
織が慎也を説教しているところだった。
「じゃあ、あなたの浮気が原因なんじゃない。それなのに無理やり連れ帰ろうと
するなんて、都合がよすぎると思わない？」
説明を受けて状況を把握したのだろう。沙織の目が吊《つ》りあがり、声には怒りが
滲《にじ》んでいた。
「でも、合宿免許に行ったきり、全然帰ってこないから……」
慎也が言いわけするが、沙織はまるで聞く耳を持たない。それどころか、切れ
長の瞳でにらみつけた。
「そんなこと、あなたに言う権利はないわ。好き勝手やってきたんでしょ」

「でも……」

「でもじゃない！　男らしくないわよ」

またしても沙織の鋭い声が響き渡る。よほど応えたのか、慎也はすっかりしゅんとなっていた。

「ここから先は夫婦の問題だけど、あえて言わせてもらうわ。もう奥さんを解放してあげなさい」

再び沙織が声をかける。一転して諭すような言い方になっていた。

慎也はうつむいたまま黙りこんでいる。自分が悪いという自覚があるのか、それ以上いっさい反論しなかった。

「一度失った信頼は取り戻せないの。わかるわね」

「は……はい」

荒れ狂っていた男が、がっくり肩を落としている。慎也はまるで空気が抜けた風船のように小さくなっていた。

「今日のところは帰りなさい。奥さんはまだ教習があるの。あと少しで卒業できるのよ。夫婦のことは、そのあとふたりで話し合いなさい」

沙織の言葉は冷静で説得力があった。

「すみませんでした……」

慎也がぽつりとつぶやいて頭をさげた。

そして、うつむいたまま駅に向かってとぼとぼ歩いていく。誰も彼に声をかけようとはしなかった。

「南沢さん、大丈夫？」

沙織が佳奈子に声をかける。慎也に対するときとは異なり、やさしい声音になっていた。

「はい、大丈夫です。ありがとうございました」

佳奈子はほっとした様子で礼を言う。すると、沙織は微笑を浮かべて、首を小さく左右に振った。

「お礼を言う相手はわたしじゃないわ。吉岡さんが気づいて車を停めたのよ」

「大吉さんが……」

佳奈子が熱い眼差《まなざ》しを送ってくる。大吉は照れくさくなり、視線をそらしてうつむいた。

「俺は殴られただけだから……」

自嘲ぎみにつぶやくと、それまで黙っていた美鈴が「ふふっ」と笑った。

「でも、格好よかったですよ」

「え……」

「そうね。男らしかったわ」

沙織もそう言うと、同意を求めるように佳奈子の顔を見た。

「はい、わたしもそう思います」

めずらしく佳奈子の言葉はきっぱりしている。そして、大吉の手を取ると、あらたまった様子で見つめてきた。

「大吉さん、ありがとうございました」

「い、いえ……」

どう反応すればいいのかわからない。とにかく、両手でしっかり包みこまれた手が心地《ここち》よかった。

「わたしも最後まで諦めません。必ず免許を取ります」

あんなことがあった直後とは思えないほど、佳奈子の言葉には力がこもっている。意外にも芯が強い女性だということが伝わってきた。

「がんばってください。陰ながら応援しています」

「ありがとうございます。ところで、大吉さんの検定はどうなってしまうのですか」

佳奈子が申しわけなさそうな顔になり、大吉と沙織に顔を交互に見やった。

「そんなこと、大した問題じゃないですよ。佳奈子さんが無事なら、それでいいんですから」

検定中止になるとわかっていて車を停めた。延長になる覚悟はできているので問題なかった。

「大吉さん……」

佳奈子が涙ぐんで、さらに手を強く握ってきた。大吉も思わず彼女の手を握り返して、ふたりは情熱的に見つめ合った。

「はい、そこまで」

沙織がふたりの間に割って入る。そして、大吉に向き直ると淡々とした声で告げた。

「検定に戻るわよ」

「えっ、でも、俺はもう……」

背中を押されて車へと戻っていく。大吉は歩きながら振り返り、佳奈子に向かって手を振った。

「じゃ、じゃあ、また……」

「はい、また」

彼女は呆気に取られているが、小さく手を振り返してくれる。今はこれだけで充分だった。

3

大吉は安全確認をしてから運転席に乗りこんだ。沙織は助手席に、美鈴は後部座席に座った。

（あいつ、どうして……）

どうしても慎也の態度が腑《ふ》に落ちない。昔、沙織の補習を受けたことがあるとしても、あそこまで素直に従う理由がわからなかった。

「彼、はじめてだったのよ」

沙織がぽつりとつぶやいた。

はっとして隣を見やると、彼女はフロントガラスに視線を向けている。澄ました顔をしているが、唇の端には微《かす》かな笑みが浮かんでいた。

（はじめてって……）

まさかと思ったとき、以前、沙織の言葉が脳裏によみがえった。

——童貞を卒業させてあげた教習生もいるのよ。その男の子は大学生だったの。夢中になって腰を振って、かわいかったわ。

確かそんなことを言っていた。

その童貞だった教習生とは、慎也のことではないか。そう考えると辻褄《つじつま》が合う気がした。

「じゃあ、沙織教官が相手をした童貞って……」

口に出してからまずいと思った。後部座席に美鈴が乗っていることを、すっかり忘れていた。顔を引きつらせて振り返る。すると、美鈴は驚いた様子もなく妖艶な笑みを浮かべていた。

「美鈴さんなら大丈夫よ」

沙織がさらりと言い放つ。なにが大丈夫なのかわからないが、それを質問している余裕はなかった。

「本当のことを言うと、童貞は好みじゃないのよね。じつは補習をしている途中でわかったの」

沙織は遠くを見るような瞳で、フロントガラスごしの空を眺めていた。

夜中の補習で方向変換のコツを教えて、彼がマスターしたころ、股間に手を伸ばしたという。そしてジーパンをおろそうとしたとき、慎也が自分から童貞だと打ち明けた。

「それでやめようとしたのよね。だって面倒じゃない。童貞って、すぐ本気になるでしょう。わたしは大人のおつき合いがしたいだけだから」

なんとなくわかる気がする。

大吉のはじめての相手は、学生時代にアルバイトをしていた居酒屋の先輩だった。みんなで飲んだあと、ホテルに誘われて経験した。それまで恋愛感情を持っていなかったが、セックスしたとたん好きになった。だが、彼女のほうはただの遊びだったとわかり、ひどく落胆した。

男というのは、はじめての相手に特別な感情を抱くものだ。筆おろしをしてもらった相手のことは、一生心に刻みこまれる。沙織はそれが煩わしいと言いたいのだろう。

「だけど、彼、泣きながら頭をさげるのよ。どうしても経験したいってお願いされて、そもそも誘ったのはわたしだから悪い気がして……それで、仕方なく筆おろしをしてあげたの」

なるほど、これでようやく納得できた。

かつて、慎也は大学生だったとき、沙織の指導で免許を取った。それだけではなく、童貞も卒業させてもらったのだ。しかも泣きながら懇願したとなれば、沙織には頭があがらなくて当然だろう。

「でも、童貞はそれきりよ。やっぱり大人の男が楽しいわ」

沙織がチラリとこちらを見やった。

視線が重なり、胸の鼓動が高鳴ってしまう。あの夜の情事を思い出して、股間までズクリと疼《うず》いた。

「ところで、吉岡さん」

後部座席から美鈴が声をかけてくる。なにやら弾むような口調が、大吉の不安を掻《か》き立てた。

「さっき、南沢さんのこと、佳奈子さんって呼んでましたね」

そう言われてはっとする。ついふたりきりのときのように、親しげに呼んでしまった。

「そ、そうでしたっけ？」

ごまかそうとするが、今度は助手席の沙織が口を開いた。

「南沢さんも、大吉さんって言ってたわよね」

「えっ……」

もうごまかしようがない。思わず絶句すると、ふたりはからかうように声をかけてきた。

「ずいぶん仲がいいんですね。なんだか妬《や》けちゃうわ」

「吉岡さんは独身だけど、南沢さんは人妻よ。ちょっと問題じゃないかしら」

口々に言われて、顔から火が出るほど熱くなる。もう誰とも目を合わせることができず、ハンドルを握って前だけを見つめていた。

「慎也は嫉妬深いから気をつけたほうがいいわね」

「は、はい……」

「じゃあ、そろそろ検定を再開するわよ。吉岡さん、気をつけて教習所に戻ってください」

沙織に言われて、大吉は気持ちを引き締めた。

途中で車を停《と》めてしまったのだから、もうどうにもならないだろう。だが、公道を運転するのだから気は抜けなかった。

充分注意を払って無事に教習所まで戻ってきた。

ハプニングがなければ、悪くなかったのではないか。でも、それを言っても仕方がない。とりあえず、最後まで教官にブレーキを踏まれなくてよかった。もう胸のうちで諦めがついていた。


卒業検定の合格者発表の時間になった。

受かっているわけがないので、大吉は混雑しているロビーを避けて、トイレの前のベンチにぼんやり座っていた。

「おめでとうございます」

涼やかな声の主は美鈴だった。ロビーのほうからやってくると、にこやかに語りかけてきた。

「吉岡さんの番号、ありましたよ」

「まさか……」

大吉は取り合わなかったが、美鈴は笑顔を絶やさなかった。

「おかげさまでわたしも受かっていました。あとは地元に戻って、運転試験場で学科試験と適性検査を受けるだけですね」

美鈴がこんな質《たち》の悪い冗談を言うとは思えない。大吉は慌ててロビーに向かうと、電光掲示板をチェックいた。

（ウソだろ、どうして……）

信じられなかった。確かに大吉の番号が点灯していた。

もう駄目だと思っていたので、まだ佳奈子の近くにいられると気持ちを切り替えていたのだ。有給休暇を使うことになるのも、延長料金を自腹で払うことになるのも佳奈子といっしょに過ごすためだと思い直した。

（それなのに……）

こうなってくると、佳奈子との別れが悲しくなってしまう。合格者は今日中に卒業証明書をもらって帰ることになっていた。

ロビーに立ちつくしていると、すっと歩み寄ってくる人影があった。沙織と美鈴だ。ふたりとも穏やかな微笑を湛《たた》えていた。

「おめでとう、吉岡さん」

沙織が声をかけてくれる。大吉は笑顔を返そうとするが、頬の筋肉がひきつって上手くいかなかった。

「あんなことがあったのに……」

「運転は完璧だったわ。車をきちんと停車させていたし、降りるときの後方確認もできていた。減点するところはなかったわ」

「そ、そうだったんですか」

「検定中止とは言わなかったでしょ。最後まで検定はつづいていたのよ」

沙織はそう言ってウインクした。

やはり本来なら落ちていたに違いない。沙織がサービスしてくれたから合格できたのだ。

「もうダメだと思っていたので、延長になる覚悟をしていました」

「あら、合格したくなかったみたいね」

「そ、そんなことは……ありがとうございます」

なんとか礼を言うが、心から喜ぶことはできなかった。

「あまりうれしそうではないですね」

美鈴が小首をかしげて顔をのぞきこんできた。

「もしかして、南沢さんのことが気になっているのですか」

どうやら、胸のうちを見透かされているらしい。だからといって、認めるわけにはいかなかった。

「ち、違いますよ。佳奈子さんは人妻じゃないですか」

ごまかそうとして、ぶっきらぼうな口調になってしまう。だが、美鈴はまったく気にしていなかった。

「そうですよね。それなら、わたしたちと遊んでも問題ないですね」

いったいどういう意味だろう。大吉が思わず尋ねようとしたとき、今度は沙織が語りかけてきた。

「今夜、卒検合格のお祝いをするからいらっしゃい」

こちらの予定も聞かず、すでに決定しているような言い方だった。

沙織の自宅に美鈴と大吉を招いて、卒業検定合格のお祝いをするという。夫が単身赴任中なので、そのまま泊まっても構わないらしい。

「ちょ、ちょっと待ってください。俺、仕事があるんで……」

「でも、延長になるつもりだったんでしょう」

つい先ほど自分で言ったことだった。反論できなくなって黙りこむと、さらに沙織が畳みかけてきた。

「それなら、帰るのが明日になっても問題ないじゃない。決まりね。三人でお祝いをしましょう」

強引に決められてしまった。

でも、確かに延長する覚悟は決まっていた。こんな機会でもなければ有給休暇を使える会社ではない。卒業検定に落ちたと報告して、一日だけ休んでもいいのではないか。

（そうだよな。たまにはいいよな）

入社して二十年、有給休暇を使ったことは一度もない。せっかくなので使わなければもったいなかった。

本当に延長になったわけではないので、教習の追加料金を自腹で払う必要はないし、宿泊費もかからない。たまには思いきったことをしてみようという気持ちになってきた。

「わかりました。じゃあ、お邪魔します」

大吉が答えると、沙織の口もとに笑みが浮かんだ。

すると、美鈴もなにやら意味深な瞳を向けてくる。ふたりがなにか企《たくら》んでいるのは明らかだ。大吉の胸のうちでは期待と不安がからみ合い、猛烈な勢いでふくれあがった。

「お、俺……会社に電話します」

その場で携帯電話を取り出すと、直属の上司に電話をした。

卒業検定に落ちたと嘘の報告をする。嘘がばれたときのことを考えると、恐ろしくて声が震えてしまう。だが、その声のせいで落ちこんでいると思われたらしく、慰めの言葉をかけられた。

自腹で延長の補習を受けることと、やむを得ず有給休暇を使うことを伝えて電話を切った。

4

沙織のスカイラインGT－Rに乗り、大吉と美鈴は駅の近くにあるマンションにやってきた。

十階建ての比較的新しい建物で、このあたりではかなり目立っている。沙織の自宅はここの最上階だ。単身赴任中の夫はやり手の商社マンだというから稼ぎもいいに違いなかった。

「立派なマンションですね」

嫉妬を通り越して、ただただ感心してしまう。

エントランスには大理石が使われており、これまた高級感が溢《あふ》れている。オートロックの扉を開くと、三人でエレベーターに乗りこんだ。

沙織と美鈴に挟まれる形になり、胸の鼓動が速くなってしまう。大吉はすでにどちらとも関係を持っている。しかも、沙織と美鈴は妙に仲がいい。なにか起こるのではないかと、どうしても期待が高まった。

リビングに通されて、L字形に配置されたソファを勧められた。

黒い本革製のどっしりしたソファセットだ。大吉はひとりがけに座り、美鈴と沙織が三人がけに腰かけた。

薄型のテレビは五十インチ以上はあるだろう。頭上には煌《きら》びやかなシャンデリアが吊られている。教習所の教官が、こんな贅沢《ぜいたく》な暮らしをしているとは思いもしなかった。

ケータリングのピザを頼み、ワインで乾杯をした。

もちろんワインも上等なものなのだろう。よくわからないが、高級な感じがしてじつに美味だった。

「ふたりともおめでとう。よくがんばったわね」

沙織がにこやかに声をかけてくる。教え子が卒業検定に合格するのはうれしいのか上機嫌だった。

「沙織教官のおかげです。補習までしていただいて、本当にありがとうございます」

美鈴は礼を言って頰をほんのり染めあげた。

「あれ、美鈴さん、ストレートで合格したんですよね？」

反射的に問いかけると、彼女は目を細めて含み笑いを漏らす。そして、しっとり潤んだ瞳で見つめ返してきた。

「ええ、そうですよ」

「でも今、補習って……」

なにかおかしい。ワインがじんわり染み渡った頭の片隅で、ぼんやり違和感を覚えていた。

「吉岡さんもご存知でしょう。深夜の補習です」

美鈴の言葉を耳にした直後、大吉は足もとがグラグラ揺れるような錯覚に陥った。目眩《めまい》にも似た感覚に襲われて、思わずソファの座面に手をついた。

（まさか、美鈴さんも？）

彼女も補習を受けていたとは初耳だ。大吉は平静を装いながらも胸の鼓動が速まるのを感じていた。

もしかしたら女同士で身体《からだ》の関係もあったのだろうか。いや、いくらなんでもそれはない。ふたりとも積極的だが、女同士で関係するとは思えない。きっと年が近いこともあって話が合っただけだろう。

「おふたりは、ずいぶん仲がいいんですね」

言葉を選びながら慎重に尋ねてみる。すると、沙織と美鈴は黙りこみ、なにやら視線をからめ合った。

（……え？）

おかしな雰囲気だ。ふたりは目と目で会話をしている。やはり特別な関係なのだろうか。

「ふっ……ふふっ」

一拍置いて、美鈴が微笑する。その直後、沙織も釣られるようにして笑みを浮かべた。

「な、なんですか……なにがおかしいんですか」

ついむきになって言い返す。すると、ふたりは内心を見透かすようにじっと見つめてきた。

「吉岡さんが考えているようなことはないわよ」

沙織に言われて、大吉は顔が熱くなるのを感じた。

「べ、別に、俺はなにも……」

「顔に書いてあるわ。わたしと美鈴さんの関係を疑ってるんでしょう」

「うっ……」

図星を指されて、なにも言えなくなってしまう。大吉は黙りこんで、ワインを喉に流しこんだ。

「吉岡さんはどうなの？」

急に美鈴が尋ねてくる。興味津々といった瞳を向けられて、大吉は思わずたじろいだ。

「ど、どうって？」

「補習、してもらったんですよね」

美鈴の言葉は確信に満ちていた。

大吉は誰にも補習のことを話していない。ということは、情報源は沙織しかいなかった。

（沙織教官、どうなってるんですか？）

困惑して目で語りかける。ところが、沙織は楽しげな笑みを浮かべてワインを飲んでいた。

「深夜の補習、してもらったと聞いてますよ」

美鈴が言葉を重ねてくる。あくまでも穏やかな声だが、ごまかしきれない圧力も感じていた。

いったい、どこまで知っているのだろう。

わざわざ自分から告白する必要はないのではないか。沙織はただ笑っているだけで、なにも言ってくれない。まさか、セックスしたことまで話してしまったのだろうか。

「席替えしましょうか」

唐突に沙織がそう言って立ちあがる。そして、大吉の手を取り、三人がけのソファの真ん中に導いた。

「吉岡さんの席はここね」

強引に決められて、大吉はソファの中央に腰かける。右側には沙織、左側には美鈴が座り、挟まれた格好になった。

「な、なんか、近いですね」

沙織のブラウスの肩と、美鈴のワンピースの肩が触れている。ふたりの女性に挟まれて、なにやら落ち着かなくなってしまう。すると、彼女たちはますます身体を寄せてきた。

「ちょっと聞きたいことがあるのよね」

「南沢さんとはどこまでいってるんですか？」

左右から質問を浴びせかけられる。彼女たちは意識を共有しているらしく、息がぴったり合っていた。

「まだ……な、なにも……」

佳奈子は人妻なので、関係を持ったことは隠しておくべきだろう。なにより彼女に迷惑をかけてはならない。なんとかごまかそうとするが、ふたりが黙っているはずもなかった。

「なにもしてないってことはないんじゃない？」

「そうですよね。あれだけ仲よさそうにしていたんですから」

沙織が突っこんだ質問をしてくれば、美鈴もすぐに同意して好奇の視線を向けてくる。左右から迫られて、瞬く間に大吉は追いこまれた。

「しょ、食事には行きました」

「まさか食事だけじゃないわよね。わたしとはあんなことしたんだから」

「ちょ、ちょっと、沙織教官……」

大吉は慌てて声をあげるが、しっかり美鈴に聞かれてしまった。

「まさか、教官とも関係を持っていたのですか？」

「あら、どういう意味なの？」

今度は沙織が食いついてくる。横顔に視線を感じて、大吉は身動きができなくなった。

「美鈴さんと寝たのね」

ついに直接的な言葉を浴びせかけられる。反対側からは美鈴がじっと見つめていた。

「は……はい」

大吉は震える声で正直に答えた。

もうごまかしようがなかった。ふたりはすべてお見通しだろう。おそらく情報の交換もしているに違いない。やってないと言い張ったところで、意味があるとは思えなかった。

「意外と素直じゃない」

沙織がチノパンの太腿《ふともも》に手を重ねてくる。やさしく撫《な》でられると、股間がズクリと疼いた。

「沙織教官とも関係していたんですね」

美鈴が耳もとで囁《ささや》き、熱い吐息を吹きこんでくる。耳たぶにキスされたと思ったら、さらには舌まで這《は》わせてきた。

「ううっ……」

たまらず喉の奥で唸《うな》り、全身を硬直させる。ふたりに迫られて、どうすればいいのかわからない。それでもペニスに血液が流れこみ、チノパンの前がふくらみはじめた。

（ま、まずい……）

こんなときに勃起したら、ますます気まずくなってしまう。なんとか理性の力で抑えこもうとするが、もうどうにもならなかった。

「ふくらんでるじゃない。どうしたの？」

沙織がチノパンのふくらみに手のひらを重ねてくる。そして、やさしくスリスリと撫でまわしてきた。

「うっ……な、なにを……」

「今夜は合格祝いだもの。羽目をはずしましょうよ」

息がかかるほど近くから見つめられて、心臓がドクンッと音を立てる。欲望がふくれあがり、同時にペニスもむくむくと頭をもたげた。

「ねえ、吉岡さん、わたしたちと楽しいことしませんか」

美鈴も身体を押しつけながら囁いてくる。先ほどから吐息が耳をくすぐり、さらに気持ちが盛りあがった。

（でも、俺は……）

頭の片隅には常に佳奈子がいる。それなのに、他の女性と交わることはできなかった。

「すみません、やっぱり――んんっ！」

きっぱり断ろうとしたそのとき、いきなり口をふさがれてしまう。

沙織がキスをしてきたのだ。両手で頬を挟みこみ、柔らかい唇がぴったり密着していた。しかも舌がヌルリと入りこんできて、大吉は言葉を発することができなくなった。

「ううっ……」

舌をからめとられて吸われると振り払えない。抵抗力が弱まり、口内を舐《な》められるままになっていた。

（ダ、ダメだ……俺には佳奈子さんが……）

心のなかでつぶやくが、舌を唾液ごと吸われるのが心地いい。頭の芯がボーッとなってきて、ついつい自分から舌を伸ばしていた。

「はふっ……むふンっ」

沙織は微かに鼻を鳴らしながら大吉の口内を舐めまわし、舌をからめとっては吸ってくれる。かと思えば、ときおり甘い唾液を流しこんできた。それを反射的に飲みくだすと、ますます頭の芯が痺れていく。

（ああ、沙織教官……）

うっとりしていると、ベルトを緩められてチノパンの前が開かれた。

「お尻を持ちあげてくれますか」

美鈴の声が聞こえて、なにも考えずに従った。すると、チノパンとボクサーブリーフがまとめて引きおろされて脚から抜き取られる。勃起したペニスが剝《む》き出しになり、いきなり竿《さお》に指が巻きついてきた。

「ううっ……」

「こんなに大きくなってますよ。吉岡さんのここ」

うれしそうにつぶやき、美鈴が太幹をしごいてくる。とたんに快感がひろがるが、沙織のディープキスで口をふさがれているため、大吉は言葉を発することができなかった。

「あンっ、すごく硬いです」

美鈴がゆったり男根を擦《こす》りあげる。そのたびに快感の波が湧き起こり、亀頭の先端から我慢汁が溢れ出した。

「うっ……ううっ」

「お汁が出てきました。舐めてもいいですか」

囁く声が聞こえた直後、ペニスの先端が熱くて柔らかいものに包まれるのがわかった。

「あふンンっ、硬いです」

美鈴の声がくぐもったものに変化する。亀頭を咥《くわ》えこんだのだとわかり、興奮が一気に跳ねあがった。

（こ、こんなことが……）

口を沙織のディープキスでふさがれて、男根を美鈴に咥えられている。上と下を同時に刺激されることで、快感がより大きなものに変化した。

「あむっ……はむっ……ンふぅっ」

美鈴が首をゆったり振りはじめる。柔らかい唇が太幹をねぶりあげて、舌が亀頭にからみついてきた。

（おおッ、き、気持ちいい……ぬおおおッ）

全身が快楽に支配されていく。

ディープキスされながらのフェラチオだ。ふたりの女性から同時に愛撫《あいぶ》されることなど、そうそう経験できることではない。大吉は身も心も蕩《とろ》けるような快楽に流されて、もう抗《あらが》う気持ちは完全に消え失《う》せていた。

唾液でコーティングされた男根を唇でしごかれる。先走り液がとまらなくなるが、美鈴は構うことなくペニスをしゃぶりつづけていた。

「あふっ……むふっ……あむンっ」

彼女の唇から漏れる声も興奮を煽《あお》り立てる。もちろん、この間も沙織には口内をしゃぶりまわされていた。

（も、もう……ううッ、もうっ）

二度と経験できないであろうシチュエーションで、快感がどこまでもふくれあがっていく。射精欲の大波が轟音《ごうおん》を響かせながら押し寄せて、もう自分を抑えることができなかった。

「うむッ、ダ、ダメだっ、ううッ、ぬうううううううッ！」

沙織に口をふさがれたまま、くぐもった呻《うめ》き声を振りまいた。美鈴の口内でペニスが跳ねまわり、精液が勢いよく噴きあがる。猛烈な快感が走り抜けて、全身が感電したように痙攣《けいれん》した。

「おおおおッ、ぬおおおおおおッ！」

「あむうううッ」

股間に顔を埋《うず》めている美鈴がザーメンを受けとめて嚥下《えんげ》する。ペニスを思いきり吸いあげることで、射精のスピードがアップした。

（き、気持ちいい……ああっ、す、すごいっ）

大吉は沙織の舌と唾液をすすりながら、最高の絶頂を味わった。

精液が二度三度と噴きあがり、そのたびに全身が痙攣した。四肢がバラバラになるかと思うほどの強烈な快感だった。

「ああっ……気持ちよかった？」

沙織がようやく唇を離して、潤んだ瞳で語りかけてきた。

「ああンっ、おいしかったです」

美鈴も念入りにペニスをしゃぶってから顔をあげる。口もとを指先で拭うと、濡《ぬ》れた瞳で見つめてきた。

「じゃあ、向こうに行きましょうか」

ソファから立ちあがり、沙織が大吉の手を取った。

「い、行くって……どこに？」

まだ呼吸も整っていない。大吉は不安になって問いかけた。

「行けばわかりますよ」

美鈴が目を細めて、もう一方の手を取った。

ふたりに引き起こされる形で、大吉はソファから腰を浮かした。そして、わけがわからないまま、彼女たちのあとをついていった。

5

大吉が連れこまれたのは夫婦の寝室だった。

妻と夫が愛を育むための場所だ。広さは十畳ほどだろうか。中央にダブルベッドがあり、壁際には鏡台が置いてある。カーテンも絨毯《じゅうたん》も落ち着いたグリーンに統一されていた。

サイドテーブルには結婚披露宴の写真が飾られている。ウエディングドレスを着た沙織と、タキシード姿の精悍《せいかん》な面構えの男が写っていた。

（あれが、沙織教官の……）

夫の写真を見ただけで緊張してしまう。

なにしろ、先ほどまで沙織とディープキスをしていたのだ。罪悪感が刺激されて胸の奥が痛むが、沙織は気にする様子もなく寄り添ってきた。

「わたしたちが脱がしてあげる」

耳もとで囁き、シャツのボタンをはずしはじめる。

「もう服は必要ないですよね」

美鈴も目の前にしゃがみこんで靴下に指をかけてきた。

ふたりがかりで服が脱がされていく。大吉はおろおろするばかりで、どうすればいいのかわからない。そんなことをしている間に、あっさり裸に剝かれてしまった。

「じゃあ、横になって」

沙織に手を引かれてベッドに導かれる。

大吉は罪悪感を覚えながらも、美人教官の言葉に従って横たわった。本来、夫婦以外が入ることは許されない神聖な場所なのに、どういうわけか大吉は裸で仰《あお》向《む》けになっていた。

沙織と美鈴も服を脱ぎはじめる。

人妻と未亡人、ふたりの女性のストリップを同時に見物できるとは、なんとも贅沢な気分だ。沙織と美鈴は照れ笑いを浮かべながら、ついには一糸纏《まと》わぬ姿になった。

寝室の煌々《こうこう》と灯《とも》る照明が、ふたりの女体を照らし出していた。

沙織の乳房は釣鐘形で、乳首は鮮やかな紅色だ。股間にそよぐ陰毛は逆三角形に手入れされていた。

美鈴の肌は雪のように白く、柔らかく波打つ乳房の頂点には濃い紅色の乳首が載っている。陰毛が自然な感じで黒々と生い茂っているのが卑猥《ひわい》だった。

ふたりの美熟女がゆっくりベッドにあがってくる。

その姿を目にしただけで、射精直後のペニスは再び反り返った。あれほど大量に放出したのが嘘のように隆々とそそり勃《た》ち、亀頭の鈴割れからは透明な汁がじくじくと湧き出した。

きた。

「な、なにを……」

大吉はダブルベッドの中央に横たわっている。そこに沙織と美鈴が這い寄って
「もうこんなに硬くなってるわよ」

股間から沙織の声が聞こえてくる。

「こっちもカチカチです」

胸もとでは美鈴が楽しげに囁いていた。

(ど、どうして、こんなことに……)

ふたりはそれぞれ男根と乳首を指先でなぞってくる。甘い刺激が全身にひろがり、またしても欲望がふくらんだ。

「そ、そんなにされたら……ううッ」

大吉の口からこらえきれない呻き声が溢れ出した。

沙織がペニスの裏筋を舌先でツツーッと舐めあげてきたのだ。彼女は脚の間にうずくまり、肉柱を両手で支えて舌を這わせていた。

「ふふっ、ピクピクしてるわよ。気持ちいい？」

沙織が楽しげに囁き、潜りこむように頭の位置を低くする。なにをするのかと

思えば、陰嚢《いんのう》まで舐めまわしてきた。皺《しわ》の間に彼女の唾液が染みこみ、舌がヌルヌルと滑るのがたまらない。

「くううッ、き、気持ちいいです」

たまらず唸ると、沙織は陰嚢を口に含んで睾丸《こうがん》を転がしはじめた。双《ふた》つの玉が人妻の口のなかで玩《もてあそ》ばれる。あまりの快楽に、大吉は自ら脚を大きく開いて股間を突きあげていた。

「ううウッ、さ、沙織教官っ」

「すごい格好ね。じゃあ、こっちも舐めてあげる」

沙織はうれしそうにつぶやいて大吉の両脚を押しあげると、肛門《こうもん》に吸いついてくる。信じられないことに、尻の穴に唇を押し当ててきたのだ。

「そ、そこは……ひうううッ」

さらに舌を伸ばして、排泄器官《はいせつ》をネチネチと舐めまわしてくる。鮮烈な快感がひろがり、大吉は情けない声をあげていた。

「お尻も感じるでしょう……はあンっ」

沙織は肛門の皺を一本いっぽんなぞるように、中心から外に向かって舌を這わせてくる。唾液をたっぷり塗りつけられて、大吉は口の端から涎《よだれ》を垂らすほど感じていた。

「吉岡さん、すごく気持ちよさそうですね」

美鈴がささやき、乳首に舌を這わせてくる。乳輪の周囲をじっくり舐めまわして、充分に焦《じ》らしてから乳首にしゃぶりついてきた。

「ううッ、そ、そこも……」

「硬くなってますよ。吉岡さんの乳首」

口に含むとすかさず唾液をまぶして転がしてくる。ねぶられるたびに快感が走り抜けて、ぷっくりとふくらんでいく。硬くなったところを前歯で甘噛みされると、全身が小刻みに痙攣した。

「くうッ、き、気持ち……くううッ」

未亡人のねちっこい愛撫に翻弄されて声が漏れる。大吉は両手でシーツをつかみ、次々と押し寄せる快感の波に耐えていた。

「すごいわ、どんどん硬くなってます」

美鈴は左右の乳首を交互に舐めまわしては、指先でもやさしく摘《つ》まみあげて揉み転がしてくる。唾液にまみれたところをいじられて、快感が波紋のようにひろがった。

「ああンっ、お汁がどんどん溢れてくるわ」

股間では沙織が昂《たかぶ》った声でつぶやき、ついに亀頭をぱっくり咥えこんだ。

「おおッ、さ、沙織教官っ」

唇がカリ首に密着したと思ったら、一気に根元まで呑《の》みこまれる。鉄棒のように硬化した太幹の表面を、唇がヌルヌルと滑っていく。亀頭が喉の奥に到達すると、肉柱の根元を唇で強く締めつけられた。

「くうッ、す、すごい……」

口内でペニスに舌が這いまわっている。亀頭から竿にかけて、唾液を塗りつけては吸茎された。

「あふっ……むふっ……はむンっ」

沙織がゆったり首を振り、肉柱をねぶりあげてくる。己の我慢汁と唾液にまみれた男根を、唇で擦られるのがたまらない。一往復するたびに快感が大きくなり、我慢汁の量が増えていった。

「そ、それ以上されたら……」

乳首を舐められる刺激も手伝って、早くも射精欲がふくれあがる。大吉が震える声で訴えると、沙織は意外にもあっさりペニスを吐き出した。

「じゃあ、そろそろわたしも楽しませてもらおうかしら」

上半身を起こすと、大吉の股間にまたがってくる。両膝をシーツにつけた騎乗位の体勢だ。右手で太幹をつかみ、亀頭を自分の割れ目へと導いた。

クチュッ——。

先端が触れた瞬間、湿った音が響き渡った。

夫婦の寝室だというのに、沙織は夫以外の男のペニスを受け入れようとしている。しかも、自ら大吉にまたがり、今まさに亀頭を呑みこもうとしていた。

「ほ、本当に、ここでいいんですか……」

大吉のほうが気を使ってしまう。さすがに夫婦の寝室は気が引ける。だが、沙織は構うことなく、ゆっくり腰を落としこんできた。

「ううッ……」

二枚の陰唇が内側に沈みこみ、ペニスの先端が入っていく。内側から大量の華蜜が溢れて、瞬く間に亀頭を濡らしていった。

「ここだから興奮するのよ……ああンっ」

沙織はうっとりした様子でつぶやき、さらに腰を落としてくる。

亀頭が完全にはまりこみ、さらに太幹がじりじりと呑みこまれていく。膣襞《ちつひだ》がからみつき、亀頭やカリの裏側を這いまわる。膣口も収縮して、太幹を思いきり締めつけた。

「おおうッ、さ、沙織教官のなかに……」

これでもかと硬直したペニスが、人妻の媚肉《びにく》に包まれて揉みくちゃにされている。今にも溶けてしまいそうな快楽が押し寄せて、大吉はただ呻き声を漏らすだけになっていた。

「あンっ、やっぱり吉岡さんの大きいわ……ああンっ」

沙織がゆったり腰を振りはじめる。陰毛を擦りつけるような前後動だ。まるで男根を味わうように、ねちっこく股間をしゃくりあげてきた。

「くううッ、き、気持ちいいっ」

「わたしもいいわ……あっ……あっ……」

たっぷりした乳房を揺らしながら、沙織が腰を振りつづける。あくまでもスローペースの動きで、男根を隅々まで感じているようだった。

「気持ちよさそうですね。乳首もピンピンですよ」

美鈴が囁きかけて、乳首をしゃぶってくる。そして、大吉の顔を見つめながら前歯でやさしく甘噛みした。

「くううッ……」

騎乗位で沙織と交わりながら、美鈴に乳首を刺激される。ふたつの快感がまざり合い、鮮烈な刺激となって全身を駆け巡った。

「あンっ、なかで跳ねてるわ。吉岡さんのオチ×チン」

沙織が濡れた瞳で見おろしてくる。もちろん、その間もねちっこく腰を振っていた。

「こ、こんなにされたら……ううウッ」

射精欲が頭をもたげている。このまままつづけられたら、あっという間に限界が来てしまう。そう思った直後だった。

「はあンっ……」

突然、沙織は腰を浮かせると結合を解いてしまう。膣から抜け落ちたペニスが、虚《むな》しく宙で揺れていた。

「ど……どうして？」

思わず不満げな声が溢れ出す。快感が中途半端にとぎれたことで、焦燥感が湧きあがった。

「わたしばっかりじゃ悪いから」

沙織がよけると、美鈴が股間にまたがってきた。

「み、美鈴さん？」

大吉は仰向けのまま、思わず目を丸くする。だが、彼女は構うことなく両足の裏をシーツにつけて、まるで相撲《すもう》の四股を踏むような格好になった。

「わたしも……いいですか？」

美鈴は恥ずかしげにつぶやくが、両膝を立てた大胆な姿で、我慢汁と愛蜜にまみれた太幹を握ってくる。そして、すぐ膣口にあてがうと、さっそく腰を落としこんできた。

「おッ……おおッ」

熱い媚肉に包まれて、反射的に腰を突きあげる。ペニスが根元まで埋まり、膣道が急激に収縮した。

「ああッ、お、大きいです」

「ぬううッ……し、締まる」

「これが欲しかったんです……はああンっ」

美鈴はうわずった声でつぶやき、腰をゆったり振りはじめる。両手を大吉の腹に置いて、両足でシーツをしっかり踏みしめていた。

「あンっ……あンっ……」

麗しい未亡人が、ペニスを出し入れして喘《あえ》いでいる。肉柱の真上で腰を上下させて、うっとりした様子で睫毛《まつげ》を伏せていた。

自分の両腕で乳房を寄せる形になっている。乳首が硬くとがっており、大きめな乳輪もふくらんでいた。股間に視線を向ければ、愛蜜にまみれた肉柱が出たり入ったりする様子がはっきり確認できた。

「す、すごい、美鈴さんのなかに……おおおッ」

視覚的にも興奮を煽られて、快感がますます大きくなる。大吉は思わず両手を伸ばすと、たっぷりした乳房を揉みしだいた。

「ああンっ、そんなことされたら……ああぁッ」

乳首を指の股に挟んだことで、美鈴は激しく反応する。腰の動きが一気に加速して、豊満なヒップを連続で打ちおろしてきた。

「おおッ……おおおッ」

寝室に、パンッ、パパンッという肉打ちの音が響き渡る。未亡人の尻たぶが打ちつけられて鳴っているのだ。熟れた媚肉でペニスを擦られて、射精欲が急激に盛りあがった。

「も、もう、俺――」

音をあげそうになったとき、沙織の鋭い声が耳に流れこんできた。

「まだダメよ」

「わたしの相手もするのよ。わかってるわね」

実技教習を彷彿《ほうふつ》とさせる強い口調だ。反論できる雰囲気ではなく、大吉は慌てて奥歯を食い縛った。

「うぐッ……」

まだ発射するわけにはいかない。沙織の相手をするまで、なんとしても耐えなければならなかった。

「ああッ、い、いい……ああッ、すごくいいです」

美鈴が腰の動きを速くする。濡れた膣壁にカリを擦りつけるようにして、快楽を貪っていた。

「あああッ、吉岡さんっ、あああああッ」

喘ぎ声が高まっていく。美鈴に絶頂が迫っているのは明らかだ。

「こ、これは……ぬうううッ」

大吉は奥歯を食い縛り、両手でシーツを握りしめる。理性の力を総動員して、懸命に射精欲を抑えこんだ。

「あぁあッ、も、もうっ、あぁあッ」

美鈴が切羽つまった様子で見おろしてくる。尻を連続して打ちおろし、自ら膣の奥に亀頭を招き入れた。

「はぁあッ、イ、イキそうですっ」

「くおおおッ」

快楽に呻きながらも、彼女の喘ぎ声に集中する。奥歯が砕けそうなほど嚙みしめると、尻の筋肉に力をこめた。

「あぁあッ、イ、イクっ、イキますっ、はあああああああああッ！」

ついに美鈴の唇からアクメの声がほとばしる。ペニスを根元まで呑みこみ、豊満なヒップをまわしながら昇りつめた。

「ぬうううッ」

大吉は全身を硬直させて、なんとか射精欲の波を乗りきった。

毛穴という毛穴から汗が噴き出している。未亡人の膣がもたらす快楽は強烈で、危うく流されるところだった。

（や、やった……耐えたぞ）

奇跡的に耐え忍ぶと、美鈴が満足した様子で結合を解いた。

するとすぐに沙織がまたがってくる。ふたりのセックスを見たことで、我慢できなくなったらしい。両膝をシーツにつける騎乗位でつながり、いきなり腰を振りはじめた。

「ああッ、太いわ、あああッ」

「くッ……は、激しいっ」

すぐに快感がふくれあがる。だが、いくらなんでも開始数秒で射精するわけにはいかない。早く彼女を絶頂させようと、真下から股間を突きあげた。

「あうッ、ダ、ダメよ、動かないで」

「き、気持ちいいっ、教官も気持ちよくなってくださいっ」

ペニスをズボズボと抜き差しする。ブリッジするように腰を持ちあげて、ペニスを深い場所まで打ちこんだ。

「ああッ……あああッ」

沙織の喘ぎ声が高まり、大吉の快感もふくらんでいく。結合部分から湿った音が響くのも卑猥だった。

(も、もう少しで……)

確実に絶頂が迫っている。そう思ったとき、呆《ほう》けていた美鈴が、いきなり大吉の顔にまたがってきた。逆向きになって、騎乗位でつながっている沙織と向かい合う格好だ。

「えっ、ちょ、ちょっと……」

「見ていたら、また濡れてしまいました」

美鈴は相撲の蹲踞《そんきょ》のような体勢で、股間を大吉の口に押しつけてくる。女陰は愛蜜でぐっしょり濡れており、クリトリスはぷっくりふくらんでいた。

「うむっ……」

「ああンっ、お願いです」

快楽を求めて腰をよじらせる。大吉は反射的に舌を伸ばして、膣口にヌプリッと挿入した。

「ああッ、い、いいっ、すごくいいですっ」

美鈴の喘ぎ声が響き渡る。

大吉は騎乗位で沙織とつながり、美鈴に顔面騎乗されている状態だ。人妻と未亡人のふたりがかりで、異常なまでの快感を送りこまれていた。

「も、もっと、ああッ、もっとよ」

沙織の喘ぎ声が大きくなった。股間を擦りつけるように動かし、亀頭を膣の奥で感じている。大量の果汁が溢れており、クチュッ、ニチュッという湿った音が響いていた。

（す、すごいっ、すごいぞっ）

大吉は美鈴の股間で視界を完全に遮られている。そのぶん感覚が鋭くなり、ペニスに受ける快感が大きくなった。

「あンっ、ああンっ、吉岡さんの舌、とってもいいです」

美鈴も甘い声を振りまき、大吉の舌を膣口で締めつけている。沙織と向かい合い、大吉にまたがって腰を揺らしていた。

「ぬううッ……き、気持ちいいっ」

くぐもった声で訴える。このアブノーマルな状況で、いよいよ射精欲が限界まで高まった。

「いいっ、いいっ、あああッ、もうイキそうっ」

「わ、わたしもです、はあああッ」

沙織と美鈴が同時に告げる。大吉の欲望も爆発寸前までふくらんだ。

（おおおッ、で、出るっ、もう出るっ）

これ以上は我慢できないと思ったとき、またがっている美熟女たちの女体が激しく痙攣した。

「あああッ、い、いいっ、イクっ、イクイクっ、はあああああッ！」

最初に達したのは沙織だ。絶叫にも似たよがり泣きを響かせて、ペニスを思いきり締めあげた。

「はああッ、わたしもイキますっ、あああッ、ああああああああッ！」

つづけて美鈴の喘ぎ声がほとばしる。大吉の舌を膣口で締めつけて、股間からプシャアアッと愛蜜をしぶかせた。

「うむうううッ」

大吉は美鈴の潮を浴びながら、股間を思いきり突きあげる。ペニスを沙織の深い場所までねじこんで、こらえにこらえてきた欲望を解き放った。

「おおおッ、で、出るっ、ぬおおおおおおおッ！」

媚肉に包まれながらペニスを脈動させる。凄《すさ》まじい勢いで精液が尿道を駆け抜けて、女壺の奥に向かって噴きあがった。

人妻と未亡人のふたりが、股間と顔面にまたがっている。体を貪られながらの射精は、この世のものとは思えない快楽を生み出した。

沙織と美鈴はアクメの余韻を貪るように、まだ股間を擦りつけている。ふたりは腰をねちっこくまわして、大吉のペニスと舌の感触を味わっていた。愛蜜をダラダラと垂れ流しながら、いつまでも喘いでいる。

大吉も蕩けるような快楽に酔いしれていた。

射精したにもかかわらず、ペニスは媚肉のなかで硬度を保っている。顔面には熟れた女陰が押しつけられていた。

この快楽にいつまでも溺れていたい。うっとりしながらも、頭の片隅では、想いを寄せる女性のことを考えていた。

第五章　運転免許と人妻と

1

東京に戻って一カ月が経《た》っていた。

大吉は帰京してすぐ運転免許試験場で学科試験を受けて、無事に普通自動車免許を取得した。

当初の予定どおり部署が変わり、大吉は配達ドライバーになった。今は軽ワゴン車で運ぶ書類などの小さな荷物を担当している。運転に慣れてきたら、小型トラックで配達することになるだろう。

二十年間、仕分け作業を黙々と行ってきたので、外に出て仕事をするのに抵抗があった。

人見知りなのに客と話さなければならない。笑顔を振りまくのも大変だ。運転に慣れていないし、道もあまり知らない。とにかく、同じ会社なのに、まるで転職したような気分だった。

倉庫の仕分け作業に戻りたいと思うこともある。だが、仕分けはアルバイトが行っており、大吉の戻る場所はなかった。

なんとか我慢してやっているうちに、少しずつ慣れてきた。

軽ワゴン車からスタートしたのがよかったのだろう。小回りが利くので、教習車よりもずっと乗りやすい。路地に入っても慌てることはないし、狭い駐車場でもなんとか停《と》められるようになった。

運転に余裕が出てくると、客との会話も苦ではなくなってきた。人見知りであることに変わりはないが、それでもコミュニケーションを取るのが少しずつ上手《うま》くなっていた。

今日も一日の配達を終えて会社に戻ってきたところだ。

疲れはてているが、それでも気持ちは充実している。じつは明日と明後日が休みで、佳奈子とデートすることになっているのだ。

自動車学校を卒業してからも、佳奈子とは交流がつづいている。休みの日はお互いの家を行き来するし、天気のいい日はドライブも楽しんでいた。助手席に佳奈子を乗せたくて、中古の軽自動車を購入したのだ。

佳奈子も無事に免許を取得しており、慎也とは離婚が成立していた。

大吉は合宿免許に参加したことで、運転免許証だけではなく、かけがえのない人を手に入れたのだ。

それというのも、美鈴と沙織のおかげだった。

大吉が卒業検定に合格した日の夜、三人でお祝いをした。そして、最後は夫婦の寝室で激しく交わった。あのときの興奮は今でもはっきり思い出すことができる。とはいえ、彼女たちと交わることは二度とないだろう。あれは大人同士の秘密の関係だった。

興奮が収まると、沙織と美鈴が親身になって相談に乗ってくれた。

大吉が佳奈子のことをどう思っているのか確認して、本気で好きなら協力すると言ってくれたのだ。

――でも、どうして俺のためにそこまで……。

素朴な疑問だった。

大吉はどこにでもいるただの中年男だ。彼女たちが協力してくれる理由がわからなかった。

――なんか放っておけないのよね。不器用だけど真面目《まじめ》だから。

――そうですね。吉岡さん、人がいいですから。

沙織と佳奈子は迷うことなくそう言ってくれた。

自分ではよくわからない。普段、人から褒められることがないので照れくさいというのもある。だが、悪い気はしなかった。

――それに、あっちが強いのも、男性として魅力的よ。

――ええ、やっぱり強い人は素敵です。

彼女たちはかなり積極的なほうだと思う。そのふたりが言うのだから、それほど精力が強いのだろうか。まったく自覚がなかったので意外だった。

とにかく、協力してくれるという言葉に甘えることにした。ふたりは積極的になれない大吉を見て、もどかしく感じていたらしい。

彼女たちが言うには、卒業検定中に慎也から守ったときがチャンスだった。あのとき遠慮せずにグイグイ行っていれば、ふたりの関係は大きく進展していたはずだ。だが、決定的な言葉をかけられない大吉の姿を目にして、このままでは卒業と同時に自然消滅することを確信したという。

――わたしたちの言うとおりにすれば大丈夫よ。

沙織の言葉は、技能教習のときと同じくらい熱くて頼もしかった。彼女の言うことに間違いはない。本気でそう思うほど信頼していた。

――南沢さんも、吉岡さんのことを想っていますよ。

美鈴が元気づけてくれたのも力になった。女同士、佳奈子の繊細な想いを感じ取り、それをわかりやすく教えてくれた。

佳奈子は夫と別居しており、心の支えを必要としている。彼女の支えになれるのは大吉しかいないと言ってくれた。なかなか自信が持てなかったが、そんな大吉を決して突き放さなかった。

――個人情報だけど、吉岡さんだから特別よ。

沙織はそう言い添えて、佳奈子の携帯番号を教えてくれた。

考えてみれば、佳奈子と連絡先の交換をしていなかった。あのまま東京に戻っていたら、連絡を取る手段がなかったのだ。

――吉岡さんは誠実でいい人です。自分を信じてください。

東京に帰ってきてからも、美鈴はメールで励ましつづけてくれた。

沙織からのメールには、佳奈子の教習の進行状況が綴《つづ》られており、卒業検定に受かったときもすぐに教えてくれた。

そのタイミングで大吉は佳奈子にショートメールを送った。

――おめでとうございます。東京に戻ったら、お祝いをしましょう。

送信ボタンを押すときは指が震えた。

すぐに返信があり、とんとん拍子で話が進んで会うことになった。食事をして彼女の部屋に招かれた。その夜は熱く燃えあがり、互いの気持ちをはっきり確認した。勢いのまま大吉は思いきって交際を申しこんだ。

「お、俺と……お、おつき合いしてください」

「は……はい」

佳奈子は恥ずかしげにうなずいてくれた。あの潤んだ瞳を一生忘れることはないだろう。

沙織と美鈴が背中を押してくれたのだと信じている。彼女たちの協力がなければ告白できなかった。

佳奈子は一瞬呆気《あっけ》に取られた様子だったが、すぐに返事をしてくれた。大吉がこれほどストレートに告白するとは思っていなかったのだろう。告白した直後、彼女の瞳から大粒の涙がポロポロこぼれ落ちた。大吉も釣られてもらい泣きしてしまった。

──おかげさまで交際することになりました。ありがとうございました。

うれしさをメールに記して、沙織と美鈴に伝えた。すると、ふたりは似たような反応をした。

──おめでとう。これでわたしの役割は終わったわ。

──よかったですね。あとは吉岡さんがご自身で判断してくださいね。

それが最後のメールだった。こちらから送っても、ふたりが返信してくることはなかった。

肉体関係を持った自分たちは、ここで身を引くべきだと判断したらしい。淋《さび》しい気もするが、大吉のことを思ってのことだ。ふたりのやさしさが身に染みるようだった。

沙織と美鈴には、感謝してもしきれなかった。

（ありがとうございます……）

心のなかで礼を言うと、大吉は脳裏に愛する人の顔を思い浮かべた。

明日は一週間ぶりのデートだ。佳奈子に会えると思うと、それだけで疲れが吹き飛ぶから不思議だった。

2

翌朝は早起きして、白い軽自動車を洗車した。ワックスがけをすると、中古でもそれなりにピカピカになった。車内もきれいに掃除して、いつでも佳奈子を乗せられる状態にした。

ガソリンを満タンにしてから、いったんアパートに帰って身支度を調《ととの》える。歯も磨いて、寝癖がないかチェックも怠らない。そして、あらためてマイカーに乗りこみ、彼女がひとり暮らしをしているマンションに向かった。

車を停めると、興奮と緊張が盛りあがる。気持ちを落ち着かせようと、深呼吸をしてから車を降りた。

大吉は最後にもう一度、自分の服装を確認する。今日は特別なデートなのでグレーのスーツで決めてきた。だが、普段はネクタイを締めないので、慣れない服装が気になって仕方なかった。

（大丈夫……大丈夫だ）

マンションのエントランスで自分自身に言い聞かせる。そして、インターホンのボタンをそっと押した。

「はい、すぐに行きますね」

一拍置いて、スピーカーから佳奈子の声が聞こえてくる。いつもより、少し緊張しているようだった。

「お待たせしました」

エントランスに現れた佳奈子は、いつにもまして輝いていた。

若草色のフレアスカートにクリーム色のセーター、その上にコートを羽織っている。肩にはらりと垂れかかっている黒髪は艶《つや》やかだった。

「では、行きましょうか」

大吉が声をかけると、佳奈子はやさしげに目を細めた。

「運転、よろしくお願いします」

いつもの丁寧な口調で語りかけてくる。

免許は取れたものの、やはり運転は自信がないらしい。佳奈子は助手席に座っているだけだが、そのことを気にしているのだ。そんなところが、また愛《いと》おしくてたまらなかった。

「とりあえず、お昼ご飯を食べにいきましょう」

彼女を助手席に乗せると、大吉は車を発進させた。

運転は慣れてきたころが危ないと、沙織に何度も言われている。デートで事故など起こしたら、それこそ目も当てられない。佳奈子を乗せているときは、とくに慎重な運転を心がけた。

向かった先は、あらかじめインターネットで探しておいたイタリアンレストランだ。ひとりでは絶対に入らないおしゃれな店だった。

佳奈子はカルボナーラを、大吉はマルゲリータのピッツァを頼んだ。

味はうまかったと思う。正直なところ、舞いあがっていて味などわからなかった。佳奈子がおいしそうに食べてくれたので、それだけで満足だ。佳奈子といっしょなら、なにを食べても美味だった。

時間をかけてゆっくり食事をして、再び車で走りはじめた。

渋滞していたが、ふたりなので苛々《いらいら》することはない。むしろ彼女と時間を共有できることが楽しかった。

「ちょっと時間がかかりそうです。疲れたら言ってください。どこかに寄って休憩しますから」

大吉はハンドルを握りながら声をかけた。

佳奈子は人に気を使いすぎるところがあるので、どんなに疲れていても口に出さない気がする。でも、せっかくのドライブデートなのだから、彼女に無理をさせたくなかった。

「車は座ってるだけでも疲れるものです。俺も休みたくなったら言いますから、佳奈子さんも遠慮しないでくださいい」

「はい、疲れたらすぐに言いますね」

助手席の佳奈子がにっこり笑ってくれる。それがうれしくて大吉も思わず笑顔になった。

「それにしても混んでますね」

「そうですね。だいぶ遅くなりそうですか」

佳奈子が小首をかしげるようにして尋ねてくる。だが、それほど心配している様子はなかった。

「ある程度の渋滞は予想していたんですけど、事故でもあったのかな」

道は相変わらず混んでいて、トロトロ運転がつづいている。進んでいるだけましだと思うしかないだろう。

「わたしは大丈夫ですよ。渋滞でも」

なぜか佳奈子の声は弾んでいる。もしかしたら、大吉と同じように、ふたりきりの時間を楽しんでいるのかもしれない。

(やっぱり、俺たちの相性はばっちりだ)

今が人生最高のときだった。

青春時代に戻ったような気がする。まさかこの年になって、これほど人を好きになれると思わなかった。

彼女と出会えたことは奇跡のような気がする。

会社で命じられて嫌々ながら免許を取りに行った。あのとき別の教習所を選んでいたら佳奈子と会っていないのだ。それに沙織と美鈴の存在も大きかった。ふたりが背中を押してくれなければ、告白する勇気は出なかっただろう。

(沙織教官、美鈴さん、ありがとうございます)

ふたりの顔を思い浮かべると、あらためて心のなかで礼を言った。

「大吉さんのご両親って、どんな方たちですか」

佳奈子が尋ねてくる。口調はいつもどおり穏やかだが、ほんの少しだけ不安そうだった。

それもそのはず、ふたりが向かっているのは、茨城県にある大吉の実家だ。先のことを考えて、早く両親に紹介しておこうと思った。それに、彼女にも本気だということを伝えたかった。

——来週、俺の実家に行ってくれませんか。両親に紹介したいんです。

思いきって切り出すと、佳奈子は涙ぐみながらうなずいてくれた。

どういう反応をするか心配だったが、どうやら気持ちが伝わったようだ。彼女が喜んでくれているとわかり、大吉は心の底からほっとした。

だが、まだきちんとプロポーズをしていない。

気持ちは固まっている。こうして実家に向かっている時点で彼女も同じ気持ちのはずだ。だからといって、なにも言わないわけにはいかない。それにプロポーズをするなら、それなりのシチュエーションが必要だ。不器用な大吉には、そのタイミングがむずかしかった。

「親父《おやじ》は無口だけど、気むずかしいわけではないです。母ちゃんはよくしゃべるから、場の空気が暗くなることはないと思います」

「はい……」

「緊張しなくても大丈夫です」

そう言いながら、気休めにもならないだろうと思う。もし自分が彼女の実家に行くとなったら、ガチガチに緊張するのは間違いなかった。

「もしなにかあったら……俺が守りますから」

おおげさかなと思いつつ、声をかけてみる。すると、佳奈子がこちらを向く気配があった。

「やっぱり、大吉さんはやさしいです」

「べ、別にそんなことは……」

やさしいと言われてとまどってしまう。四十二年の人生で、はじめてかけられた言葉だった。

「沙織教官もおっしゃっていましたよ。卒検中に車を停めて助けに行くなんて、なかなかできることじゃない。あんなにやさしい人はいないって」

佳奈子は微笑を浮かべながら教えてくれた。

どうやら、沙織が援護射撃をしてくれたらしい。大吉のことを褒めて、佳奈子にいい印象を与えてくれたのだろう。

「なんか、照れくさいな……」

顔が熱くなるのを感じる。赤くなっているのが鏡を見ないでもわかった。

「大吉さんに聞きたいことがあるんです」

なにかを思い出したように佳奈子が切り出した。

渋滞だが車はじわじわ進んでいる。大吉はフロントガラスごしに前を見つめたまま話していた。

「わたしの携帯番号、どうして知っていたのですか？」

「それは……」

反射的に口を開きかけて言葉を呑《の》みこんだ。

沙織から教えてもらったのだが、それを打ち明けても大丈夫だろうか。大吉は沙織と体の関係を持っている。それを知られるわけにはいかなかった。

「もしかして……沙織教官ですか？」

疑問形ではあるが、佳奈子の口調は確信に満ちている。沙織が個人情報を漏らしたとわかっているようだ。

（や、やばい……慎重に……）

どう答えればいいのだろう。なぜ沙織が大吉に教えたのかを追及されて、セックスしたことがばれるのを警戒した。

「やっぱりそうなのですね」

佳奈子はひとりで納得したようにうなずき、助手席から見つめてくる。もしかしたら、すでにばれているのだろうか。大吉は横顔に視線を感じているが、不安で隣を見ることができなかった。

「じつは大吉さんのことが知りたくて、沙織教官にいろいろ聞いてたのです。それで気を使ってくださったのですね」

「……え？」

佳奈子が積極的に動いていたことに驚いた。それだけ本気で考えていてくれたのだろう。

「勝手なことしてごめんなさい。でも、他に聞ける人がいなかったから」

「いえ、すごくうれしいです」

大吉は素直な気持ちになっていた。

自分がひとりでもりあがっているだけで、もしかしたら一方通行の恋なのではと不安になったこともある。だが、佳奈子も真剣に想ってくれていたのだ。それがわかり、胸に熱いものがひろがった。

「俺、すごく幸せです」

佳奈子に出会えたことを神様に感謝したい気分だ。この胸の熱い滾《たぎ》りをどう表現して、どう伝えればいいのかわからない。とにかく、彼女を抱きしめたい衝動にかられていた。

「わたしも、すごく……すごく幸せです」

佳奈子の声はめずらしく力強かった。

ハンドルを握りながら、隣をチラリと見やる。すると、佳奈子が熱い眼差《まなざ》しをこちらに向けていた。

視線が重なると愛《いと》おしさがこみあげる。運転していなければ、すぐに抱きしめて唇を奪っているところだった。

3

「きれいなところですね」

佳奈子がぽつりとつぶやいた。

車から降りて、夜の湖を眺めているところだ。すでに日は暮れており、夜空に瞬く星が湖面に映りこんでいるのが幻想的だった。

渋滞から抜け出すと、安全運転で走ってきた。途中で日が傾いてきたので、実家に帰る前にここに立ち寄ることにした。

この湖は地元のデートスポットだ。いつか大切な人ができたら連れてきたいと思っていた。だが、夢は叶《かな》わないまま中年になってしまった。もう一生ひとり身かもしれないと諦めていたが、ついに大切な人と訪れることができた。しかも最高の女性を連れてくることができて、胸がいっぱいだった。

「佳奈子さんに見せたかったんです」

大吉は湖を眺める振りをして、彼女の横顔を見つめていた。

夜景よりもずっと美しい女性だった。心も清らかでやさしく、自分にはもったいないくらいだ。この人を一生守っていく。そう心に誓いながら、ほとんど無意識のうちに手を握っていた。

「あ……」

佳奈子の唇から小さな声が溢《あふ》れ出す。ゆっくりこちらに向けられた瞳は、なにかを訴えるように潤んでいる。

「車に……戻りましょうか」

大吉が語りかけると、彼女はこっくりうなずいた。

手をつないで駐車場に戻っていく。途中、彼女のほうから身体《からだ》を寄せて、腕をすっと組んできた。

（ああ、佳奈子さん……）

彼女への想いが勢いよく燃えあがる。この熱い気持ちを抑えることなどできるはずがなかった。

ここは地元でもあまり知られていない穴場だ。しかも、今夜は冷えるので、これから人がやって来ることはないだろう。駐車場に停まっているのは大吉の軽自動車だけだった。

「佳奈子さんっ」

車の前まで来て、こらえきらずに女体を抱きしめた。

「大吉さん」

佳奈子も抗《あらが》うことなく、大吉の背中に両手をまわしてくれる。やはり彼女の心も熱く燃えあがっているに違いない。こうしてきつく抱き合うことで、気持ちがしっかり伝わってきた。

もう一刻の猶予もならない。今すぐに愛する人とひとつになりたかった。

街路灯が離れたところにあるだけで、ちょうどここは薄暗くなっている。それでも、佳奈子の潤んだ瞳が光っていた。

顎に指をかけて顔をあげさせる。視線が重なることで、ますます気分が盛りあがった。佳奈子がそっと睫毛《まつげ》を伏せてくれる。口づけを待つ仕草に、大吉の胸はいよいよ高鳴った。

「あンっ……」

唇を重ねると、佳奈子の身体がピクッと震える。そして、唇をゆっくり半開きにしてくれた。

すかさず舌を差し入れて、熱い口内を舐《な》めまわしにかかった。歯茎や頬の裏側に舌を這《は》わせると、奥で縮こまっている舌をからめとる。粘膜同士をヌルヌルと擦《こす》り合わせて、甘い唾液ごと吸いあげた。

「はンっ……あふンっ」

佳奈子が微《かす》かに喘《あえ》いで、自ら舌を差し出してくる。大吉の口のなかに侵入させると、遠慮がちに粘膜を舐めまわしてきた。

「うむっ……」

夜空の下で佳奈子とディープキスを交わしている。舌をからめて唾液を何度も交換しては嚥下《えんげ》した。

もう気持ちを抑えられない。コートのなかに手を入れて、セーターごしに乳房を揉《も》みあげる。だが、ブラジャーのカップがもどかしい。裾からセーターのなかに手を入れると、背中のホックをプツリとはずした。

「あっ、こ、ここでは……」

佳奈子が困惑した声を漏らして、訴えるような瞳で見あげてくる。

やはり屋外では抵抗があるらしい。でも、もうホテルまで車を走らせる余裕はない。スラックスの股間は痛いくらいに突っ張っており、この状況で運転するのは危険だった。

かといって、軽自動車のなかはさすがに狭すぎる。せっかくなので、故郷の星空の下で愛し合いたかった。

「ここなら大丈夫です。車の陰になってますから」

駐車場の入口と自分たちの間に軽自動車がある。万が一、車が入ってきたとしても死角になっていた。

「俺、もう我慢できないんです」

情熱にまかせて再び唇を重ねていく。柔らかい口のなかをしゃぶりまわし、彼女の舌を吸いあげた。

「あふンっ、だ、大吉さん、ああンっ」

熱いキスだけで女体が蕩《とろ》けて力が抜ける。片手で腰を支えながらセーターをまくりあげると、街路灯の明かりが乳房を照らし出した。ほどよいサイズのふくらみが、大吉を誘うように揺れていた。

「あっ、い、いやです……恥ずかしい」

頬を染めて乳房を手で覆い隠す。訴えるような瞳で見あげてくると、ますます牡《おす》の欲望が刺激された。

「か……佳奈子さん」

もう自分を抑えられない。彼女の手を引き剝がすと、乳房にむしゃぶりついていく。乳首を口に含むと、いきなり舌を伸ばして舐めまわした。

「ダ、ダメです、外では……あンンっ」

佳奈子の唇からこらえきれない喘ぎ声が溢れ出す。乳首を舌で弾《はじ》くたび、女体がヒクヒクと敏感そうに痙攣《けいれん》した。

そんな彼女の反応に気をよくして、大吉は柔肉を揉みあげながら乳輪ごと乳首をねぶりまわす。唾液まみれになったところを吸い立てれば、瞬く間に充血してぷっくりふくらんできた。

「硬くなってきましたよ」

「はあンっ、ダ、ダメだって言ってるのに……」

佳奈子は抗議するようにつぶやくが、瞳はねっとり潤んでいる。熟れた女体を愛撫《あいぶ》されて、性感が溶け出しているのは間違いない。大吉はさらに乳房を揉みしだき、左右の乳首を交互にしゃぶりまくった。

「あっ……あっ……」

もう立っているのもやっとという感じで膝がガクガク揺れている。彼女をマイカーに寄りかからせた。ちょうどボンネットに座るような格好になったので、これで倒れることはないだろう。

「佳奈子さん、いいですよね」

屋外ということが、よけいに興奮を掻《か》き立てる。

大吉はそのまま目の前にしゃがみこみ、フレアスカートをまくりあげた。そして、ストッキングを膝まで剝《む》きおろす。さらには股間に張りついている純白のパンティをじりじりさげていった。

「ああっ……」

佳奈子は喘ぐだけでいっさい抵抗しない。漆黒の陰毛が外気に触れた瞬間、女体をぶるるっと小さく震わせた。

もしかしたら、彼女も期待しているのかもしれない。星空の下で熟れた肌を露出させることで興奮しているのではないか。その証拠にパンティを股間から引き剝がすとき、ニチュッという湿った音が微《かす》かに聞こえた。

彼女の脚を肩幅ほどに開かせる。膝にからまったパンティとストッキングが張りつめているのが艶《なま》めかしい。陰毛に鼻先を押しつけるようにして、股間に顔を埋《うず》めていく。下顎を突き出すと、口を女陰に到達させた。

「うむむっ……」

唇に柔らかい陰唇が触れている。華蜜でたっぷり潤っており、軽く押しただけでも割れ目から果汁が染み出てきた。

「はあッ、ま、待って……や、やっぱり待ってください」

野外で股間を愛撫されて、不安がこみあげてきたのかもしれない。そうやってうろたえる姿に、なおさら獣欲が刺激される。この愛おしい女性を自分だけのものにしたいという欲望がふくれあがった。

「も、もう、俺……うむううッ」

大吉はくぐもった声でつぶやき、そのまま女陰をしゃぶりまわした。舌を伸ばして陰唇を舐めあげると、唇を密着させて華蜜を吸いあげる。ジュルルッという下品な音が、薄暗い夜の駐車場に響き渡った。

「そ、そんな、ああッ、ダ、ダメですっ、あああッ」

口では「ダメ」と言いながら、佳奈子はボンネットに尻を乗せたままで逃げようとしない。それどころか、両手を背後につき、自ら股間を突き出す格好になっていた。

舌先で割れ目をなぞりあげると、陰唇の狭間《はざま》にヌプリッと沈みこませる。とたんに果汁が溢れ出して、口のなかに流れこんできた。躊躇《ちゅうちょ》することなく飲みくだすと、さらに舌を深く埋めこんだ。

「はンンっ、そ、それ以上は……」

佳奈子は股間を突き出して喘いでいる。顎を少し上向かせて、内腿《うちもも》を小刻みに震わせていた。

屋外でのクンニリングスなど、もちろんはじめてだ。佳奈子もはじめての経験だろう。とまどいながらも興奮しているのが伝わってくる。舌先で膣《ちつ》粘膜を舐めあげるたび、腰が微かに揺れていた。

「あンっ、ダ、ダメ……あぁンっ」

抗いの言葉がだんだん弱くなっていく。愛蜜の量は増えており、大吉の口の周囲はいつしかドロドロになっていた。

舌先を小刻みに出し入れして、女壺の浅瀬を搔きまわす。すると、湿った音が星空の下に響き渡った。

「は、恥ずかしいです……はああンっ」

「でも、気持ちいいんですよね」

女陰をしゃぶりながら語りかける。すると、佳奈子は女体をヒクつかせながら見おろしてきた。

「こ、今夜の大吉さん、意地悪です……ああッ」

「佳奈子さんが素直にならないからですよ」

大吉はさらに舌を使って女陰をねぶりまわす。膣のなかに埋めこんで搔きまわすと、今度はクリトリスにむしゃぶりついた。

「はああッ、そ、そこは……」

佳奈子の喘ぎ声が大きくなる。敏感なポッチに華蜜を塗りつけて、舌先で執拗《しつよう》に転がした。

「ああッ……はああッ」

「こんなに感じてるじゃないですか。素直になってください」

クリトリスを舐めまわすたび、女陰から華蜜が溢れて滴り落ちる。街路灯の明かりが、ツーッと糸を引いて落ちる華蜜を照らしていた。

「あううッ、そ、そんなにされたら……」

佳奈子が喘ぎまじりに訴えてくる。がに股のようなはしたない格好で、女体を小刻みに震わせていた。

「ここがいいんですよね」

硬くなった肉芽に唇をかぶせて、思いきり吸いあげる。口のなかに流れこんでくる愛蜜を次々と嚥下しながら、クリトリスをしゃぶりまくった。

「ああッ……い、いいですっ」

ついに佳奈子の唇から感じていることを認める言葉が溢れ出す。ボンネットに腰かけた女体が反り返り、内腿で大吉の顔を挟みこんできた。

「も、もうっ、あああッ、もうダメですっ」

絶頂が迫っているのは明らかだ。大吉はここぞとばかりに勃起したクリトリスを吸引した。

「はあああッ、いいっ、あああッ、イ、イクッ、イクううッ！」

佳奈子の喘ぎ声が夜空に響き渡って溶けていく。剝き出しの乳房を揺らしながら、ついに絶頂へと昇りつめていった。

「うむううッ」

大吉は大量の愛蜜をすすり飲みながら、柔らかい内腿を頬で感じていた。

舌先に触れている陰唇はトロトロに蕩けている。今すぐ己のペニスを突きこみたい衝動がふくれあがった。

「い、いいですよね」

大吉は立ちあがると、慌ててベルトは緩めてスラックスとボクサーブリーフを膝までさげる。とたんに勃起したペニスが勢いよく跳ねあがった。

「あっ……」

絶頂の海を漂っていた佳奈子が、男根を目にして小さく喘いだ。困惑した様子で硬直した肉棒を見つめてくる。

「佳奈子さんとひとつになりたいんです」

大吉が迫ると、彼女は両手を胸板にあてがってきた。

「待ってください」

「お、俺、もう……」

逸《はや》る気持ちを抑えられない。ここで拒絶されたら、欲望のやり場がなくてどうにかなってしまいそうだ。それくらい彼女とつながることを望んでいた。

「今度はわたしが……」

佳奈子は体を入れ替えると、大吉をボンネットに寄りかからせる。そして、自分は目の前にすっとしゃがみこんだ。

「ちょ、ちょっと……」

「ああっ、すごく立派です」

ほっそりした指がペニスの根元にからみついてくる。佳奈子は亀頭に顔を寄せてくると、ハアッと熱い息を吹きかけた。

「ま、まさか……」

そうつぶやいた直後、佳奈子の唇が亀頭にかぶさってくる。男根の先端をぱっくり咥《くわ》えこまれて、柔らかい唇が肉胴に密着した。

「ううッ……か、佳奈子さん」

股間を見おろしてつぶやくと、彼女が上目遣いに見つめてくる。視線が重なるだけで、新たな興奮の波が押し寄せてきた。

「はむンンっ……」

佳奈子は微かに鼻を鳴らしながら、唇をゆっくり滑らせる。太幹をじりじりと呑みこみ、やがて長大なペニスをすべて口内に収めてしまった。

「おっ……おおっ」

あの佳奈子がフェラチオしてくれたのだ。しかも、屋外で乳房を剝き出しにしたままペニスを口に含んでいる。感動と興奮が押し寄せて、快感が全身を走り抜けた。

「あふっ……ンンっ」

うっとりした表情で、佳奈子が首を振りはじめる。唇が太幹の表面をなめらかに滑り、舌が亀頭を舐めまわしてきた。

「す、すごい……すごいですよ」

とてもではないが黙っていられない。ペニスが溶けてしまうような愉悦に、膝がガクガク震えてしまう。尻を半分ボンネットに乗せあげると、両手で佳奈子の頭を抱えこんだ。

「ンっ……ンっ……」

佳奈子が微かに呻《うめ》きながら、ゆったり首を振っている。ペニスに唾液をまぶされて、そこを唇で擦られるのだ。ヌルヌル滑るのがたまらず、腹の奥で射精欲がふくれあがった。

「か、佳奈子さん……も、もう……」

彼女の頭を撫《な》でながら声をかける。ところが、佳奈子は首振りをやめようとしない。聞こえているはずなのに、口のなかで亀頭を舐めまわし、尿道口を舌先でくすぐってきた。

「ううッ、ちょ、ちょっと……」

このままでは暴発してしまう。快感はふくらむ一方で、先走り液が次から次へと溢れている。唾液まみれにされた太幹が、街路灯の明かりを受けて妖しげな光を放った。

「ンっ……ンっ……ンンっ」

佳奈子はリズミカルに首を振っている。太幹を柔らかい唇でしごかれて、舌も絶えず動いていた。

「か、佳奈子さん、こ、これ以上は……」

快感がどんどん大きくなっている。このペースで刺激を送りこまれたら、いずれ暴発するのは間違いない。このまま快楽に身をまかせたい気持ちもあるが、やはり彼女とつながりたかった。

「も、もう本当に……ううッ」

口を開くと快楽の呻き声が漏れてしまう。

彼女の唇が一往復するたび、快感が高まっていく。佳奈子がときおり喉を鳴らしているのは、先走り液を嚥下しているからだ。それを目にするだけでも射精欲が盛りあがった。

「くうッ、も、もうっ、くううッ」

奥歯を食い縛り、押し寄せてくる快感の波を耐え忍ぶ。懸命に訴えると、ようやく佳奈子はペニスを解放してくれた。

「はあっ……すごく熱くなってます」

潤んだ瞳で見あげて、口もとに笑みを浮かべる。屋外で男根を咥えて首を振ったのだ。佳奈子がこれほど大胆なことをするとは驚きだった。

彼女の手を取って立ちあがらせる。

佳奈子の顔は上気していた。乳房も股間も剝き出しで、内腿をもじもじと擦り合わせている。乳首はとがり勃《た》ち、愛蜜の牡《おす》を誘うような香りも漂っていた。呼吸も乱れており、発情しているのは明らかだった。

「佳奈子さん……いいですよね」

大吉は彼女が羽織っているコートを脱がすと、膝にからんだままのストッキングとパンティもおろして、片足ずつパンプスを脱がして抜き取った。

気温は低いが、身も心も燃えあがっているので問題ない。再びパンプスを履かせると、後ろ向きにしてボンネットに手をつかせる。上半身を前に倒して、尻を突き出す体勢だ。さっそくのぞきこむが、双臀《そうでん》の狭間が陰になっており、奥まで確認することはできなかった。

「本当にここで……」

今さらながら佳奈子が不安げな声で尋ねてくる。それでも、振り返った瞳はねっとり濡《ぬ》れていた。

「そうですよ。今からここでひとつになるんです。佳奈子さんも、本当は興奮してるんでしょう」

わざとあからさまな言葉を投げかける。すると佳奈子は頬をほんのり染めあげた。彼女の恥じらいやとまどいが、大吉の欲望を煽《あお》り立てる。つながってひとつになりたいという気持ちが、さらに強くなった。

「どうなんですか。佳奈子さんがいやがることはしたくないんです」

尻たぶに両手をあてがって撫でまわす。すると、彼女は自ら尻を後方に突き出してきた。

「わ、わたしも、大吉さんとひとつに……なりたいです」

佳奈子の言葉を耳にした瞬間、ペニスが大きく跳ねあがった。

先端から我慢汁がどっと溢れて、亀頭をぐっしょり濡らしていく。一刻も早くつながりたくて仕方がない。劈裂の狭間を亀頭でなぞり、濡れそぼった膣口を探し当てた。

「いきますよ……ふんんッ」

ゆっくり腰を押し進めて、亀頭を濡れ穴にめりこませる。張り出したカリの部分まで沈みこませると、膣口がキュウウッと収縮した。

「あううッ、だ、大吉さんっ」

佳奈子の背中が大きな弧を描いて反り返った。

内側から大量の牝汁が溢れてくるのを感じながら、さらにペニスを埋めこんでいく。濡れ襞《ひだ》を鋭いカリで擦りながら、ついには巨大な亀頭を女壺の最深部に到達させた。

「おおッ、入った……入りましたよ」

「はあァッ、お、奥まで……」

佳奈子が声を震わせる。女体が反応して、さらにペニスを食い締めてきた。

「こ、これは……くううッ」

すぐに射精欲が盛りあがる。大吉は尻を抱えこんで、ゆったりしたピストンを開始した。カリを膣壁に擦りつけるように男根を出し入れする。挿入するときは尻たぶを押し潰す勢いで、根元まで思いきりねじこんだ。

「ひううッ、ふ、深いです」

亀頭が膣の最深部にまで到達している。子宮口を叩《たた》くたび、彼女はヒイヒイと裏返った喘ぎ声を響かせた。

突くほどに締まりが強くなり、太幹が絞りあげられる。快感が大きくなるが、大吉は奥歯を食い縛ってピストンした。前かがみになった佳奈子の背中に覆いかぶさり、乳房を揉みながら腰を振りまくった。

「む、胸も、あああッ」

敏感に反応してくれるから、自然と抽送にも力が入る。奥までえぐりこませては、乳首を指先でやさしく転がした。

「あッ……ああッ……だ、大吉さんっ」

「し、締まる……うううッ」

このまま射精したいところだが、最後は彼女の顔を見ながら迎えたい。いったたん腰を引いて結合を解くと、女体を反転させてボンネットで仰向けにした。

「だ、大吉さん……」

見あげてくる瞳が「早く」と訴えている。佳奈子に求められて、大吉のペニスはさらに力を増して屹立《きつりつ》した。

彼女の脚の間に入りこみ、亀頭の先端を膣口に押し当てる。すでに蕩けきっている女陰は、あっさりペニスを受け入れた。先端がヌプリッとはまりこみ、濡れ襞がいっせいにからみついてきた。

「ああぁッ、も、もっと……ください」

佳奈子が懇願してくる。大吉は彼女が求めるまま、屹立した肉柱を膣の奥まで押しこんだ。

「はあああッ」

「くおッ……す、すごいっ」

うねる媚肉《びにく》に包まれて、すぐさま全身に快感がひろがっていく。

今度は野外での正常位だ。星空の下でつながることで、興奮が二倍にも三倍にもふくれあがる。四肢の先まで痺《しび》れており、さらなる快楽を求めて腰が自然に動き出した。

「あッ……あッ……」

先ほどの立ちバックで、膣内は完全にほぐれている。正常位で突きはじめると、すぐに佳奈子は喘ぎはじめた。

「す、凄《すご》い締まりだ……ううッ」

蕩けた女壺が収縮する。愛蜜が大量に分泌されているため、どんなに締めつけられても男根は簡単にスライドした。カリでえぐるように膣壁を擦りあげて、最深部を亀頭で小突きまわした。

「ああッ、い、いいっ、気持ちいいです」

「お、俺も……ううッ、俺もですっ」

腰の動きがどんどん加速する。欲望にまかせて腰を振ると、車まで揺れはじめた。サスペンションがギシギシ鳴ることで、気分がさらに盛りあがった。

「ううッ……ううッ」

快楽を求めて、深い場所まで男根を突きこんだ。

「はあッ、も、もうっ、あああッ、もうっ」

佳奈子の声が切羽つまってくる。膣の締まりも強くなり、太幹を思いきり食い締めてきた。

「おうッ、も、もうダメだっ」

射精欲が限界まで膨張して、今まさに暴走をはじめようとしている。腰の動きをセーブしようとするが、もう欲望を抑えることはできなかった。

「おおおッ、おおおおッ」

「あぁッ、あぁッ、いい、いいですっ」

佳奈子の喘ぎ声も高まっている。もはや昇りつめるのは時間の問題だ。彼女もピストンに合わせて股間をしゃくりあげている。そうすることで、より深い場所まで男根を迎え入れていた。

「し、締まるっ、おおおおッ」

「はあッ、いいっ、もうダメですっ」

叫ぶように訴えた直後、佳奈子が両手を伸ばして首にしがみついてくる。大吉は上半身をふせて、女体をしっかり抱きしめた。

「ああッ、イ、イクッ、イキますっ、はああああああッ!」

佳奈子のよがり泣きが響き渡る。脚まで大吉の腰に巻きつけて、股間を押しつけながら昇りつめた。

「おおおおッ、お、俺も、おおおおッ、ぬおおおおおおおッ!」

大吉も絶頂の大波に呑みこまれる。雄叫《おたけ》びをあげて、限界までふくれあがった欲望を解き放つ。女壺の奥に埋めこんだペニスを脈動させると、大量の精液を注ぎこんだ。

「あ、熱いっ、熱いですっ、ま、また、あぁあああああああッ！」

沸騰したザーメンで敏感な膣粘膜を灼《や》きつくされて、佳奈子は再び絶頂に駆けあがった。女体を思いきり悶《もだ》えさせると、肉の快楽に溺れていった。

野外セックスでの絶頂は、これまでにない開放感をともなっていた。頭のなかがまっ白になり、身も心も蕩けるような快感だった。ふたりはボンネットの上できつく抱き合ったまま、どちらからともなく唇を重ねていた。

エピローグ

「佳奈子さん……」

大吉はあらたまって語りかけた。

ふたりは身なりを整えて、それぞれ運転席と助手席に座っている。顔が少しだけ火照っているが、つい先ほどまで屋外でセックスしていたとは誰も思わないだろう。

ジャケットのポケットから小さな箱を取り出した。

気障《きざ》なことは苦手だが、そんなことは言っていられない。蓋を開けると、助手席の佳奈子に差し出した。小さな箱のなかでは、ダイヤモンドのリングが輝いていた。

佳奈子が息を呑むのがわかった。目を見開いたまま動かない。その瞳にみるみる涙が盛りあがった。

「い、一生、あなたを守ります。け……結婚、してください」

声は震えてしまったが、なんとか最後まで言うことができた。

「はい……ありがとうございます。よろしくお願いいたします」

佳奈子が目もとを指先で拭いながら笑ってくれる。

実家に行くのだから了承してくれると思ったが、やはり彼女の返事を聞くまでは緊張した。

はじめて出会ったときのことを思い出す。

教習所のベンチに腰かけて、佳奈子は涙を流していた。今にして思えば、技能教習が上手くいかないと言っていたが、そのことより淋《さび》しさに耐えかねて泣いていたのではないか。

当時、佳奈子は夫と別居しており、不安に駆られていたのだろう。いつも悲しそうな顔をしていた。

「俺は佳奈子さんを泣かせるようなことだけは絶対にしません。これだけは信じてください」

力強く言った直後、彼女の瞳から涙が溢れて頬を伝った。

佳奈子が泣いている。たった今、宣言したばかりだというのに、いきなり泣かせてしまった。だが、涙の意味はまったく異なっていた。

「うれしすぎて、つい……」

佳奈子はそう言いながら、左手を差し出してきた。

「大吉さんにつけてもらいたいです」

「は、はい」

こうなることは予想の範疇《はんちゅう》だ。とはいえ、一気に緊張が高まっていく。

大吉は箱から指輪を取り出して右手の指先で摘《つ》まむと、佳奈子の左手をそっと取った。

「じゃ、じゃあ……いきます」

彼女の薬指にリングをはめるときは、指だけではなく心も震えた。

この年まで独身だった自分に、こんなことをする機会が訪れるとは思いもしなかった。感動して涙腺《るいせん》が緩みそうになるのを必死にこらえた。

「うれしい……ありがとうございます」

笑顔が眩《まぶ》しかった。

心から喜んでくれているのが伝わり、大吉の心はかつてない多幸感に包まれていた。

「では、出発します」

大吉はハンドルを握ると、慎重にアクセルを踏みこんだ。

ここから実家まで十分もかからない。緊張しているが、それよりもうれしい気持ちのほうが勝っていた。

これから佳奈子とともに人生を歩んでいく。これほど素敵な女性と暮らしていけることが信じられない。合宿免許に参加したことで、大吉は最高の幸せまで手に入れたのだ。

（まさか、この俺が……）

もう結婚できないと諦めていたので、なおさら信じられない。

（ありがとう……みんな、ありがとうございます）

すべての人たちに感謝している。

背中を押してくれた人、アドバイスしてくれた人、そして結婚してくれる佳奈子本人、全員に心からお礼を言いたい気分だった。

本書は書き下ろしです。

実業之日本社文庫 は68

人《ひと》妻《づま》合宿《がっしゅく》免《めん》許《きょ》

2019年12月15日　初版第1刷発行

著　者　葉《は》月《づき》奏《そう》太《た》

発行者　岩野裕一
発行所　株式会社実業之日本社
〒107-0062　東京都港区南青山5-4-30
CoSTUME NATIONAL Aoyama Complex 2F
電話［編集］03(6809)0473［販売］03(6809)0495
ホームページ　https://www.j-n.co.jp/
DTP　ラッシュ
印刷所　大日本印刷株式会社
製本所　大日本印刷株式会社

フォーマットデザイン　鈴木正道(Suzuki Design)

＊本書の一部あるいは全部を無断で複写・複製（コピー、スキャン、デジタル化等）・転載することは、法律で認められた場合を除き、禁じられています。
また、購入者以外の第三者による本書のいかなる電子複製も一切認められておりません。
＊落丁・乱丁（ページ順序の間違いや抜け落ち）の場合は、ご面倒でも購入された書店名を明記して、小社販売部あてにお送りください。送料小社負担でお取り替えいたします。
ただし、古書店等で購入したものについてはお取り替えできません。
＊定価はカバーに表示してあります。
＊小社のプライバシーポリシー（個人情報の取り扱い）は上記ホームページをご覧ください。

ISBN978-4-408-55556-0（第二文芸）